Lene Kaaberbøl

WILDHEXE

Das Labyrinth der Vergangenheit

Lene Kaaberbøl

WILDHEXE

Das Labyrinth der Vergangenheit

Aus dem Dänischen
von Friederike Buchinger

Carl Hanser Verlag

Die Originalausgabe erschien 2013 unter dem Titel
Vildheks – Fjendeblod im Alvilda Verlag, Kopenhagen.
Published by agreement with Lars Ringhof Agency ApS, Copenhagen.

1 2 3 4 5 19 18 17 16 15

ISBN 978-3-446-24787-1

Umschlaggestaltung: Stefanie Schelleis, München
Umschlagmotiv und Vignetten: Bente Schlick
Satz: Satz für Satz. Barbara Reischmann, Leutkirch
Druck und Bindung: Friedrich Pustet, Regensburg
Printed in Germany

FSC
www.fsc.org
MIX
Papier aus verantwortungsvollen Quellen
FSC® C014889

1 EINE ERSTARRTE SEKUNDE

Was hast du mit meinem Vater gemacht?« Kahla stand in der Tür. Ich hatte sie nicht kommen hören, aber das war vielleicht gar nicht so überraschend – ich hatte auf dem Sofa geschlafen wie ein Bär im Winterschlaf, auf dem Bauch das leise schnarchende Katerchen, halb versteckt unter Tante Isas alter Wolldecke. Draußen war es stockfinster, und ich hatte das verwirrende Gefühl, es wäre mitten in der Nacht.

Wirklich überraschend war dagegen, dass Tumpe keinen Mucks von sich gegeben hatte. Normalerweise drehte er völlig durch, wenn sich einer seiner Lieblingsmenschen dem Haus näherte, aber dieses Mal stand er einfach mitten im Zimmer und sah verwirrt aus. Es schien, als wäre er genauso überrumpelt wie ich.

Mama war immer noch nicht wieder da, stellte ich fest. Aber nachdem sie den ganzen Weg zurück in die Merkurgade fahren, Oscar abliefern und alles zusammenpacken musste, was sie für die eine Woche in Tante Isas Haus brauchen würde, die sie mir versprochen hatte … Und dann sollte ja auch noch Papa aus dem Krankenhaus entlassen werden. So was konnte dauern, das wusste ich aus eigener Erfahrung.

Kahla war triefnass, aber noch etwas an ihr war ungewöhnlich. Sie war nicht wie sonst in drei Mäntel, vier leuchtend bunte

Schals und mindestens zwei Wollmützen eingepackt. Sie hatte nur einen ganz gewöhnlichen schwarzen Regenmantel an und nichts auf dem Kopf – außer Haaren natürlich.

Kahlas Haare sind pechschwarz, glänzend und dick – und in diesem Moment waren sie außerdem noch nass.

»Regnet es?«, fragte ich dumm. Ich war wohl immer noch nicht ganz wach.

»Mein Vater«, wiederholte sie, und ihre Stimme klang wütend und kalt. »Wo ist er? Was ist mit ihm passiert?«

Schlagartig war alles wieder da. Wie um alles in der Welt sollte ich Kahla erklären, dass Meister Millaconda steif wie eine Statue in einem Bett in der großen Eingangshalle von Vestmark lag, ganz genauso wie Tante Isa, Frau Pomeranze, Shanaia und Herr Malkin? Tante Isas gesamter Hexenkreis. Sie alle lagen dort, und ich konnte nicht einmal mit Sicherheit sagen, ob sie tot oder lebendig waren.

»Es ... es ist etwas passiert«, sagte ich.

Kahla war trotz ihrer sonnengebräunten Haut ohnehin schon blass gewesen. Jetzt wurde sie noch blasser.

»Was?«, fragte sie. »Jetzt sag schon!«

Also musste ich wohl damit herausrücken. Der ganze schreckliche Kampf in der Grotte, bei dem Bravita Blutsschwester aus ihrem vierhundert Jahre alten Gefängnis entkommen war und versuchte hatte, durch mich ins Leben zurückzukehren.

»Sie wollte mich verschlingen«, sagte ich leise. »Dann wäre in mir keine Clara mehr gewesen, sondern nur noch Blutsschwester. Kater und Tante Isa haben versucht, sie aufzuhalten, aber sie waren nicht stark genug. Und dann ... dann habe ich gerufen. So, wie Herr Malkin es mir beigebracht hat: Adiuvate. Und sie sind gekommen. Alle. Der ganze Kreis. Gemeinsam haben sie die Blutsschwester abwehren können, doch … doch … danach waren sie … nicht tot, zumindest glaube ich das nicht, aber wie erstarrt. Und … und … das sind sie immer noch.«

»Wo?«, fragte Kahla nur.

»In Vestmark.«

Sie stellte sich ganz dicht vor mich.

»Zeig es mir«, sagte sie.

Ich bekam fast Angst vor ihr. Ich wusste zwar, dass sie manchmal ziemlich verschlossen und feindselig wirken konnte, auch wenn sie gar nicht unbedingt in der Stimmung war, einen in irgendetwas Warziges, Ekliges, Krötenartiges zu verwandeln, aber … also, wenn sie einen so ansah, war das doch wirklich kein Wunder.

Du hast ihr eben erzählt, dass ihr Vater mehr tot als lebendig ist, ermahnte ich mich. Hast du erwartet, dass sie einfach lächeln und das ganz in Ordnung finden würde?

»Jetzt?«, fragte ich und hörte selbst, dass meine Frage genauso dumm und unüberlegt klang wie die mit dem Regen.

»Ja. Jetzt!«

Sie streckte mir ihre Hand entgegen, als wollte sie mich mit Gewalt auf die Beine ziehen. Plötzlich war das Katerchen nicht mehr die kleine, schlafende und nahezu unsichtbare Beule unter der Decke. Er richtete sich zu voller Größe auf – es waren so circa zwanzig Zentimeter – und fauchte Kahla böse an.

Kahla zog die Hand zurück.

»Was ist das?«, fragte sie.

»Katerchen«, sagte ich.

»Ja, danke, ich sehe sehr wohl, dass das ein Kater ist, aber was macht er –«, sie unterbrach sich selbst und musterte Katerchen und mich genauer.

»Wo ist Kater?«, fragte sie dann.

Meine Sehnsucht nach ihm wurde so groß, dass ich kaum einen Ton herausbrachte.

»Er … kommt nicht mehr«, flüsterte ich.

»Und stattdessen hast du diese halbe Portion bekommen?«

»Er ist keine … Ich weiß selbst, dass er noch nicht besonders groß ist, aber …« Sie schüttelte den Kopf. »Ist mir egal, solange der Zwerg uns nicht aufhält. Jetzt komm!«

Katerchen riss die Schnauze wieder weit auf und fauchte, dieses Mal ziemlich leise. Ganz eindeutig war das zwischen ihm und Kahla nicht gerade Liebe auf den ersten Faucher.

Ich drückte ihn an mich, als ich aufstand. Ich wollte nicht, dass er Kahla tatsächlich angriff – das wäre ihm mit Sicherheit nicht gut bekommen.

»Wo geht ihr hin?«, fragte Nichts verschlafen auf ihrer Schlafstange neben dem Holzofen.

»Nach Vestmark«, sagte Kahla. »Ich will meinen Vater sehen!«

Meister Millaconda lag auf dem Rücken und starrte in die Luft. Er sah ziemlich grimmig aus, denn seine Stirn war so stark gerunzelt, dass sich seine schwarzen Augenbrauen beinahe in der Mitte berührten. Es war exakt derselbe Gesichtsausdruck, den er unten in der Grotte gehabt hatte. Es hatte sich nichts verändert. Keiner von ihnen, auch nicht Tante Isa, hatte sich auch nur einen Millimeter bewegt, seit Oscar und ich sie am Vortag zurückgelassen hatten.

Nachdem jetzt fünf Matratzen darin lagen, kam mir die große Halle gar nicht mehr so groß vor wie sonst. Sieht aus wie ein Krankenhauszimmer, dachte ich. Und konnte mich selbst nicht daran hindern weiterzudenken: oder eine Grabkammer.

Kahla stieß einen Laut zwischen Japsen und Schluchzen aus. Sie stürzte zu ihrem Vater, sank neben seine Matratze und nahm seine Hand. Aber sie ließ sie sofort wieder los.

»Er ist ja ganz kalt!«, sagte sie. »Wieso habt ihr nicht dafür gesorgt, dass er ordentlich warm ist?«

Ich versuchte ihr zu erklären, dass wir uns ja bemüht hatten, mit Decken und Kaminfeuer und Wärmflasche und allem.

»Es macht keinen Unterschied«, sagte ich. »Es *ist* einfach so.«

Sie hörte nicht zu. Sie hielt die Hand ihres Vaters wieder fest, und der Wildgesang strömte aus ihr heraus, hoch, scharf und brennend, fast wie eine Ohrfeige. Mein Herz machte einen hoffnungsvollen Satz, und ich spähte nach einer Reaktion, einem Lebenszeichen, nach irgendetwas anderem als dieser schrecklichen Reglosigkeit. Soweit ich es sehen konnte, tat sich nichts, außer dass Kahla sichtbar müder wurde, je länger sie sang. Trotzdem machte sie weiter und weiter, fast eine Stunde lang, glaube ich, bis ihre Stimme brüchig wurde und sie selbst so erschöpft war, dass ich ihr auf die Beine helfen musste, als sie schließlich aufgab.

»Es wirkt nicht«, sagte sie heiser. »Wieso wirkt es nicht?«

»Ich weiß es nicht«, antwortete ich.

»Ich verstehe nicht, wieso es nicht wirkt …« Sie konnte sich kaum auf den Beinen halten, und ich musste ihr in die Küche helfen, damit sie sich hinsetzen konnte. Nichts flatterte bekümmert hinter uns her und stieß dabei einen Schwall kleiner »Oh nein, oh nein, oh nein«-Ausrufe aus.

Über dem Küchentisch hing ein Haken. Nichts schaute unvermittelt hoch, und ich konnte sehen, wie sich ihr Gefieder aufstellte. An dem Haken hatte damals ein Käfig gehangen, und in diesem Käfig hatte ich Nichts das erste Mal gesehen. Ein kümmerliches, schniefendes und verdrecktes kleines Wesen, das die Erwartungen seiner Schöpferin nicht erfüllen konnte und nur in diesen Käfig gesteckt worden war, weil es Chimära auf die Nerven ging, dass Nichts ihr überallhin folgte. Sie hatte nicht gewusst, was die Worte »Freund« und »Freiheit« bedeuteten. Das lernte sie erst jetzt nach und nach, und es war bestimmt nicht schön für sie, wieder hier zu sein. Auch als sich ihr Gefieder nach ein paar Minuten wieder glättete, sah sie ängstlicher aus als sonst. Und nicht nur wegen ihrer Erinnerungen, wie sich zeigte.

»Wieso sind sie so still?«, fragte sie. »Isa … sie … ihre Augen sind ganz starr. Glaubst du, es tut ihr weh?«

»Ich weiß es nicht«, sagte ich. »Hast du eine Ahnung, was ihnen fehlt?« Ich hoffte so sehr, dass Kahla eine Antwort hatte. Sie war eine wirklich gute Wildhexe, viel besser als ich.

Aber Kahla schüttelte den Kopf.

»Ich habe so etwas noch nie gesehen«, antwortete sie. »Es sieht so aus, als … als wären sie erstarrt. Vielleicht hängt das irgendwie mit der Zeit zusammen.«

»Was meinst du?«

»Mein Vater hat mal gesagt, wenn man etwas wirklich Heftiges, Großes ausführt – also etwas Magisches –, dann macht das etwas mit der Zeit. So, als würde sie langsamer vergehen oder sogar für ein paar Sekunden anhalten.«

Ich dachte an die Male zurück, in denen ich »etwas wirklich Heftiges, Großes« miterlebt hatte. Ich konnte mich gut an das Gefühl erinnern, als würde die Zeit stehen bleiben – als würde alles in Zeitlupe ablaufen.

Wenn Kahla recht hatte – hieß das dann, dass die fünf reglosen Körper ganz einfach angehalten worden waren? Für eine lange, erstarrte Sekunde, zwischen einem Herzschlag und dem nächsten, mitten zwischen zwei Atemzügen? Das war fast ein beruhigender Gedanke, auf jeden Fall besser, als sich vorzustellen, dass sie hinter den starren Blicken und den unbeweglichen Muskeln bei vollem Bewusstsein waren.

»Und wie setzt man die Zeit wieder in Gang?«, fragte ich.

Kahla warf mir einen finsteren Blick zu.

»Glaubst du nicht, dass ich es längst getan hätte, wenn ich es wüsste? Ich weiß ja nicht einmal, ob es wirklich diese Sache mit der Zeit *ist*! Ich rate nur.«

»Ja, aber was sollen wir jetzt machen? Meinst du, die Rabenmütter können uns helfen?«

Kahla stützte die Ellenbogen auf den Tisch und hielt sich mit beiden Händen die Stirn. Ich hörte ein leises Geräusch, irgendetwas zwischen Seufzen und Zischen, und sie schob ihre schwarzen Haare ein wenig zurück. Sie ringelten sich ungewöhnlich lebendig um ihre Finger, wie ich fand.

»Wir müssen es wohl versuchen« sagte sie. Aber sie klang nicht sonderlich optimistisch.

Ich dachte an Tumpe, Stjerne und die Ziegen, die alleine zu Hause waren. Jedenfalls so lange, bis Mama zurückkam.

»Ich schreibe meiner Mutter nur schnell eine SMS«, sagte ich. »Damit sie daran denkt, die Tiere zu füttern. Los jetzt, Kahla – lass uns aufbrechen. Die Rabenmütter wissen, was wir tun müssen!«

Ich dachte an Thuja, die Erste im Kreis der Rabenmütter. Sie war so ziemlich die klügste Wildhexe, die ich kannte.

Kahla stand auf. Ihr Gesicht war hart und entschlossen.

»Halt das Katzenvieh gut fest«, sagte sie. »Wenn wir etwas erreichen wollen, sollten wir uns besser beeilen, und ich habe keine Zeit, auf den Wilden Wegen herumzurennen und nach ihm zu suchen, falls er abhaut.«

Ich wollte gerade protestieren und erklären, dass Katerchen keiner war, der einfach weglief, aber dann blieb ich doch lieber still. Was wusste ich schon über Katerchen und auf welche Ideen er kommen konnte? Sicherheitshalber schob ich ihn unter meinen Pulli.

Es sollte sich herausstellen, dass das eine kluge Entscheidung war …

2 DER RABENSTURM

Der zähe Nebel war dicht und feucht und … und beinahe *warm*. Klebrig. Die Wilden Wege waren nie ungefährlich, selbst erfahrene Hexen konnten sich ernsthaft verirren. Und wir waren nicht erfahren. Nicht einmal Kahla, auch wenn sie in allem, was mit der Wilden Welt zusammenhing, ungefähr hundertmal besser war als ich.

»Ist es noch weit?«, fragte ich. Ich hatte das Gefühl, seit einer Ewigkeit unterwegs zu sein. Katerchen maunzte verschlafen und streckte eine Vorderpfote aus, rollte sich dann aber wieder unter meinem Pulli zusammen.

»Ich weiß nicht …«, flüsterte Kahla. »Es kommt mir so vor, als wäre irgendwas anders. Irgendetwas … stimmt nicht.«

»Haben wir uns verlaufen?«, piepste Nichts aus meinem Rucksack.

»Nein«, sagte Kahla. »Wir sind jetzt ganz in der Nähe des Rabenkessels. Es fühlt sich nur so an, als würden die Wilden Wege … Widerstand leisten.«

Ja. Genau das war es! Deshalb kam es mir so vor, als wären wir seit hundert Jahren unterwegs. Ich hatte eher den Eindruck, durch Wasser zu waten als durch Luft. Oder sogar durch etwas, das zäher als Wasser war – Öl vielleicht.

Warmes, klebriges Öl. Es drückte. In den Ohren, gegen die

Stirn, in Nase und Mund. Ich hatte Kopfweh bekommen, so richtiges Gewitterkopfweh. Unter meiner Schädeldecke war irgendwie nicht mehr genug Platz für alles, was dort hingehörte. Aber es gewitterte nie auf den Wilden Wegen. Hier gab es kein anderes Wetter als Nebel.

Oder doch?

Eine Brise bewegte meine verschwitzten Haare und kühlte meinen Nacken ein wenig. Ich dachte gerade noch, dass das merkwürdig war, als mir bewusst wurde, wie grundverkehrt es war.

»Hier windet es nie …«, sagte ich.

Da hörte ich ein Grollen, und der Wind frischte auf. Ich drehte mich um. Eine jähe, harte, brühheiße Böe schlug mir entgegen, und der Nebel hinter uns war nicht mehr grau, sondern schwarz.

»Halt dich fest!«, rief ich Nichts zu und umklammerte selbst mit beiden Händen Kahlas Oberarm.

Ich verlor den Boden unter den Füßen. Der Wind hob mich hoch und riss mir die Beine weg, ich wurde durch die Luft gewirbelt wie ein Blatt im Herbststurm, und irgendetwas traf mich am Kinn, scharf wie ein Peitschenhieb. Das Katerchen wand sich unter meiner Jacke und krallte sich mit allen Krallen fest. Wir flogen. Wir taumelten. Erst konnte ich nichts als Nebel sehen und hörte nichts als das Brüllen des Sturms. Dann füllte sich die Luft mit heiseren Schreien, und ich knallte gegen einen Baum.

Der Baum brach. Nicht meinetwegen, sondern durch den Wind. Ich spürte ein Knacken im Arm und einen Ruck, der so heftig war, dass er eigentlich kaum wehtat. Der Schmerz kam erst hinterher.

Ich war von Kahla losgerissen worden, aber wenigstens flog ich nicht länger durch die Luft. Ich lag auf der Erde, auf feuchter, dunkler kalter Erde, und der Sturm tobte über mir und um mich herum. Es prasselte und knackte, die Luft war angefüllt mit Schreien und schwarzen Federn, und ein seltsamer Regen, der nur stellenweise fiel, tropfte warm auf mich herunter und klebte in meinen Haaren, auf meinem Gesicht und auf dem Arm, den ich mir über den Kopf hielt.

Es dauerte eine Ewigkeit. Oder vielleicht auch nur ein paar Sekunden. Zeit spielte keine Rolle mehr.

Überall krachte und knallte es. Irgendetwas stürzte auf mich herunter – es fühlte sich an wie ein Ast, aber ich konnte nicht sehen, was es war, denn der Wind riss es sofort wieder mit sich und die Dunkelheit war total. Ich konnte Nichts' verängstigtes »Oh nein, oh nein, oh nein …« hören und dachte gerade, dass sie wenigstens noch da war, da hinten im Rucksack, und nicht weggewirbelt oder von irgendetwas tödlich getroffen worden war, als es plötzlich still wurde.

Der Wind erstarb.

Die Dunkelheit dauerte noch einen Moment an, dann löste sie sich auf und Sonnenlicht sickerte durch die Baumwipfel auf uns herunter. Ich tastete nach meinem Arm.

Gebrochen, dachte ich, aber ganz sicher war ich mir nicht. Ich hatte keine Ahnung, wie sich ein gebrochener Arm anfühlte, und außerdem konnte ich meine Finger ja noch beugen und strecken.

Dann entdeckte ich, dass der Regen kein Regen gewesen war. Eine einzelne schwarze Feder segelte langsam zu Boden. Meine Hände, meine Arme und ganz bestimmt auch mein Gesicht waren mit klebrigen Blutspritzern übersät, und auf dem Boden vor mir, nur wenige Meter entfernt, lagen die zerfetzten Reste eines Raben.

»Oh nein«, jammerte Nichts und befreite sich flatternd aus dem Rucksack. »Was ist nur geschehen? Oh nein, oh nein.«

Ich sah mich um. Trotz der abgeknickten Zweige und umgestürzten Bäume erkannte ich den Pfad, der in den Rabenkessel führte.

Wir waren am Ziel. Ich hätte erleichtert sein sollen. Aber ich hatte schon da die kalte, bange Ahnung, dass die Rabenmütter uns nicht mehr helfen konnten.

3 STILLE

Es war so still. Der Himmel war blau und Sonnenlicht glitzerte in den Pfützen und auf den nassen Zweigen. So, wie diese Sonne schien, hätte man meinen können, es wäre alles in bester Ordnung. Rund um den Rabenkessel waren einige Bäume umgestürzt, aber die meisten standen noch immer fest verwurzelt. Und doch stimmte rein gar nichts. Die Zweige waren leer. Kein einziger Rabe war zu sehen oder zu hören. Nicht einmal eine Krähe. Der Himmel über uns kam mir nackt vor ohne die kreisenden schwarzen Vögel, und die Stille ohne ihre heiseren Rufe war ganz einfach … falsch.

»Sind sie alle … weg?«, flüsterte Nichts.

»Ich weiß es nicht«, sagte ich. Aber ich hatte ein kaltes, schreckliches Gefühl im Magen, ein Gefühl, das mir sagte: Ja – jeder einzelne. Mein Arm, der vielleicht gebrochen war oder auch nicht, tat weh und pochte, und es wäre schön gewesen, wenn eine erwachsene Wildhexe den Schmerz einfach weggesungen und mir eine Tasse Baldriantee zum Schlafen gekocht hätte, aber ich wusste tief in meinem Innersten, dass mein schmerzender Arm im Angesicht der Katastrophen, die uns umgaben, nur ein kleines, unbedeutendes Problem sein würde.

Eine riesengroße alte Esche war in den Rabenkessel gestürzt. Viele abgebrochene Zweige lagen einfach wie Brennholz oder

Reisig herum, aber etliche der dicken Äste hatten sich tief in die Erde gebohrt, als wären sie von einem Riesen wie Zelt-Heringe in den Boden gerammt worden. Dazwischen konnte ich etwas Dunkles sehen.

Nein. Nicht etwas. Jemanden.

Unter der gewaltigen Krone der Esche war ein Mensch eingeklemmt. Ein Mensch, der den schwarzen Ordensmantel der Rabenmütter trug.

Lass es nicht Thuja sein, dachte ich, auch wenn es natürlich in jedem Fall schrecklich war, ganz gleich, welche der Rabenmütter dort lag. Es war nur so, dass ich Thuja für die Klügste von ihnen hielt, sie war diejenige, der ich am meisten vertraute.

»Da liegt jemand …«, sagte ich und zeigte mit meinem gesunden Arm zu dem Baum. »Kahla, wir müssen helfen –«

Kahla war schon unterwegs. Sie nahm sich nicht einmal die Zeit, zu der abschüssigen Erdrampe zu gehen, die normalerweise als Ein- und Ausgang des Rabenkessels diente, sondern rutschte den Abhang hinunter, steil wie er war, während sie einen schnellen, fragenden Wildgesang summte, um herauszufinden, ob es eine lebende oder eine tote Rabenmutter war, die wir befreien mussten.

Eine lebende oder eine tote Rabenmutter. Ich glaube, erst bei diesem Gedanken wurde mir der Ernst der Lage wirklich bewusst. Als hätte ich mich, seit wir in den Sturm geraten waren, in einer Blase aus Unwirklichkeit befunden und als hätte diese Blase gerade eben erst ein Loch bekommen.

Was, wenn die Rabenmutter dort wirklich tot war? Der Sturm hatte bereits Hunderte von Raben getötet, natürlich konnte auch ein Mensch darin umgekommen sein. Erst recht, wenn er unter einem riesigen Baum begraben worden war. Ich rannte los, obwohl mein Arm pochte und das Katerchen seine Krallen in meinen Pulli und die Haut darunter grub.

Als ich ein wenig näher kam, sah ich, dass es nicht Thuja war, sondern Valla, die etwas behäbige männliche Rabenmutter. Er war damals äußerst unwirsch gewesen, weil wir mitten in der Nacht durch den Wald wandern mussten, als ich die Feuerprobe ablegen sollte, um dem Rat zu beweisen, dass ich die Wahrheit gesagt hatte und Chimära log. Zum Glück war er nicht unter dem Stamm der Esche eingezwängt, sondern nur unter einem Haufen von Zweigen und Ästen gefangen. Einer davon hatte sich wie ein Spieß durch seinen Arm gebohrt und ihn am Boden festgenagelt, aber er war nicht tot, das konnte ich sehen und hören. Er jammerte leise und kratzte mit den Stiefelkappen über den Boden, als versuchte er wegzukrabbeln, ohne zu begreifen, dass das unmöglich war.

»Warte!, rief ich ihm zu. »Bleib liegen. Wir befreien dich.«

Wo waren die anderen Menschen? Da mussten noch mehr sein, sie konnten wohl nicht alle tot und verletzt sein. Oder doch? Bei dem Gedanken zog sich mein Herz zusammen.

Kahla hatte schon den Wildgesang angestimmt, und darin war sie wesentlich besser als ich. Dafür hatte ich das Taschenmesser, das Oscar mir zum Geburtstag geschenkt hatte, und damit sägte ich den Ast vorsichtig links und rechts von Vallas Arm ab. Natürlich mussten wir auch das Holz aus dem Arm bekommen, aber das erforderte Vorbereitungen. Warmes Wasser, Verbände, viel mehr Wildgesang ... Hilfe, sofern hier noch irgendwo Hilfe zu bekommen war.

Und wenn nicht, müssen wir es ohne schaffen, sagte ich streng zu mir selbst.

Valla jammerte wieder. Dieses Mal mit Worten, aber es war

kaum zu verstehen, was er sagte. Er schwitzte vor Schmerz, und seine grau melierten Haare klebten ihm an Nacken, Wangen und Stirn.

»Die Raben«, murmelte er. »Die Raben …«

Ich mochte ihn eigentlich nicht besonders, aber jetzt tat er mir leid. In dieser Situation dachte er nicht an sich selbst, obwohl jeder, der einen spitzen Ast im Arm stecken hatte, wahrlich Recht auf ein bisschen Selbstmitleid hatte.

»Es … es wird bestimmt alles gut« war das Einzige, was mir einfiel, um ihn zu trösten. Ich konnte ihn nicht anlügen und sagen: »Den Raben geht es gut.« Meine Kleider waren übersät mit Rabenblutspritzern.

Kahla sang immer noch, und es war deutlich zu sehen, dass es half. Ihre Stimme klang heiser und matt, weil sie bereits so lange vergeblich für ihren Vater gesungen hatte, aber ihr Gesang war trotzdem kraftvoll. Valla war schon nicht mehr so blass, und er blutete weniger als am Anfang. Er wollte sich aufsetzen.

»Warte kurz«, bat ich und hielt ihn zurück. »Warte, bis der Wildgesang zu Ende ist.«

Obwohl er benommen und verwirrt war, verstand er, was ich gesagt hatte. Er blieb still liegen, bis der letzte heisere Ton verklungen war.

»Die Raben«, sagte er wieder. »Sind noch welche da?«

Ich konnte ihm nicht in die Augen sehen.

»Ich weiß es nicht«, antwortete ich.

Er stieß einen Laut aus, als wäre etwas in seinem Inneren zerbrochen. Dann schlug er die unverletzte Hand vor das Gesicht, und ich glaube, er weinte.

»Wo sind die anderen?«, fragte ich. »Thuja, Arkus … die anderen Rabenmütter. Was ist mit ihnen passiert?«

Er ließ langsam die Hand sinken.

»Wir müssen suchen«, sagte er. »Wir müssen suchen, bis wir sie gefunden haben.«

»Wo hast du sie zuletzt gesehen?«, fragte Kahla.

»Es ging alles so schnell«, erklärte er. »Ich saß gerade da und las, als mit einem Mal ein Windstoß durch den Schornstein fuhr, der so kräftig war, dass das Feuer ausging. Ich konnte etwas hören ... seltsame Geräusche. Ein Heulen, ein Knacken. Obwohl das Feuer ausgegangen war, wurde es furchtbar warm. Und dann spürte ich ... dann ... dann starb Hugin. Mein Rabe. Ich konnte nichts dagegen tun, es dauerte höchstens eine Sekunde. Und ich wusste ... mein Wildsinn sagte mir ... dass er nicht der Einzige war. Ich lief nach draußen, aber ... der Wind hob mich hoch und schleuderte mich wieder auf den Boden. Ich hörte die Bäume brechen, und dann ...«

Er griff nach seinem durchbohrten Arm. »Ich konnte mich nicht befreien. Ich dachte, ich würde sterben, und vielleicht ... wäre es das Beste gewesen.«

»Das ist nie das Beste«, sagte Kahla hart. »Man kann *immer* etwas aus seinem Leben machen.«

Wieso schimpfte sie mit ihm? Merkte sie nicht, wie unglücklich er war? Ich sah sie bittend an. Ihre schwarzen Haare bewegten sich im Wind, fast so, als ob sie lebendig wären, aber ihr Gesicht war ausdruckslos und starr.

Das Merkwürdige war, dass Valla sich ihre Worte offenbar zu Herzen nahm und sich aufrichtete.

»Du hast recht«, sagte er. »Wir müssen nachsehen, ob in der Bruthöhle alles in Ordnung ist.«

»Erst müssen wir uns um deinen Arm kümmern«, wandte ich ein, aber er wollte nicht auf mich hören.

»Bruthöhle«, wiederholte er. »Die Eier. Ich muss wissen, ob wir alles verloren haben oder ob es noch Hoffnung für die Rabenmütter gibt.«

Die Bruthöhle war das Herz des Rabenkessels und das bestgehütete Geheimnis der Rabenmütter. Hier hatte kein Fremder Zutritt, und Valla wollte zunächst auch uns nicht mit nach unten nehmen, aber er war so schwach, dass er nicht alleine gehen konnte.

»Schließt die Augen«, befahl er. »Das hier ist nur für die Eingeweihten!«

Ich machte gehorsam die Augen zu, aber meine Ohren konnte ich nicht verschließen, und so hörte ich deutlich den ganz besonderen Wildgesang, den er benutzte.

Er war ziemlich kurz, nicht viel länger, als es dauern würde, »Sesam, öffne dich!« zu rufen. Trotzdem war es fast zu viel für Valla. Ich hörte einen dumpfen Schlag und ein Stöhnen, und als ich die Augen wieder öffnete, lag Valla auf allen vieren, oder besser gesagt auf allen dreien, denn seinen verletzten Arm hielt er immer noch dicht an den Körper gepresst. Aber es war noch etwas anderes passiert. Ein schwacher Lichtschein drang durch die herabgefallenen Äste und Zweige, und ich konnte einen runden Umriss erkennen, so ähnlich wie ein Gullideckel, nur ein ganzes Stück größer.

Wir halfen Valla, sich auf den Boden zu setzen, und dann machten Kahla und ich uns daran, die Äste beiseitezuschleppen, damit man die Falltür öffnen konnte. Ich hätte sie niemals alleine gefunden. Wie oft hatte ich den Krater des Rabenkessels durchquert, ohne sie zu bemerken? Moose, Flechten und Frühjahrspilze wuchsen um und auf dem Einstieg. Die Rabenmütter hatten offensichtlich viel Energie darauf verwendet, die Falltür so zu erschaffen, dass sie lebendig genug war, um sich in der Wilden Welt verstecken zu können. Als wir sie öffneten, konnten wir sehen, dass sie aus lebendigen Wurzeln geflochten war und sich nur öffnen ließ, weil Vallas Gesang sie geweckt und fügsam gemacht hatte.

Der Lichtschein kam nicht von gewöhnlichen Lampen, sondern von Feuerechsen, die zwischen den Baumwurzeln herumkrochen. Eine Treppe führte ins Halbdunkel, und wir halfen Valla hinunter.

Hier war es überraschend warm. So warm, dass ich tatsächlich anfing, unter meiner Windjacke zu schwitzen. Das konnte nicht an den Feuerechsen liegen, zumindest nicht nur – sie waren schließlich das, was man wechselwarm nennt, und die kleinen Flammen-Hickser, die sie ausstießen, waren ziemlich blass und gaben kaum Wärme ab. Wie mir klar wurde, lag es am Boden: Der warme Sand reichte mir bis zu den Knöcheln, ich hatte fast das Gefühl, als stünde ich am Strand, abends, nachdem die Sonne den ganzen Tag darauf geschienen hatte.

Valla befreite sich von Kahlas stützendem Griff und wankte durch den Sand auf etwas zu, das an einen umgedrehten Weihnachtsbaum erinnerte.

Es waren Wurzeln, die sich wie eine unterirdische Baumkrone ausbreiteten, und an jedem Wurzelzweig hingen fein geflochtene Weidenkörbchen. Valla ging von einem Korb zum nächsten, kippte sie vorsichtig zur Seite und schaute hinein, und erst nachdem er jeden einzelnen überprüft hatte, sank er in den Sand und stöhnte vor Erleichterung.

»Es ist nichts passiert«, sagte er. »Wenigstens die Eier sind uns geblieben!«

Im selben Moment hörten wir Schritte auf der Treppe hinter uns.

»Rührt sie nicht an!«

Die Worte waren halb gerufen, halb Wildgesang, und sie trafen mich mit solcher Wucht, dass ich schwankte und gegen Kahla stieß. Der Schmerz, der meinen Arm durchfuhr, war so heftig, dass ich nach Luft schnappte.

Es war Thuja, die die Treppe herunterstolperte, die Arme ausgestreckt und die blinden Augen weit aufgerissen, obwohl sie, wie ich wusste, ohne die Hilfe ihres Raben nichts sehen konnte. Arkus, der kleine Junge, der ihr vorlas und ihr half, sich zurechtzufinden, folgte ihr auf dem Fuß und versuchte, sie zu führen. Hinter ihr kamen noch mehr Gestalten, ziemlich viele, glaube ich, aber es war schwer, jemand anderen zu sehen als sie. Es war fast so, als würde sie leuchten.

»Fall nicht, Thuja«, flüsterte Arkus. »Pass auf, die Treppe ist steil!«

»Den Eiern ist nichts passiert«, sagte Valla. »Thuja, ich bin es nur.«

»Du bist nicht alleine«, sagte Thuja. »Hier ist jemand. Jemand, der nicht hierhergehört.«

»Ich bin es, Clara«, sagte ich. »Und Kahla. Und Nichts. Und … und … Katerchen. Er ist mein neuer Wildfreund.«

»Sie haben mir geholfen«, sagte Valla. »Thuja, sie führen nichts Böses im Schilde.«

Böses im Schilde? Natürlich nicht. Wie konnte Thuja so etwas denken? Es sah ihr überhaupt nicht ähnlich, so misstrauisch und feindselig zu sein.

Sie blieb stehen, immer noch mit offenen Augen, als würde sie verzweifelt versuchen, etwas zu sehen, obwohl sie es nicht konnte. Sonst waren ihre Augen meistens ganz oder halb geschlossen, was sie irgendwie ruhiger und friedvoller wirken ließ als die meisten anderen.

Aber in diesem Augenblick war an ihr überhaupt nichts Friedvolles. Sie sah aus, als wäre sie bereit, den Nächsten, der versuchte, dem Rabenkessel zu schaden, in etwas sehr Schleimiges, Kleines, Ekliges zu verwandeln.

»Clara«, sagte sie. »Wie kommt es, dass du hier bist?«

Ich erklärte es, so gut ich konnte – erzählte von Tante Isa und den anderen, dass sie einfach dalagen, vollkommen steif, und wie das Ganze passiert war. Thuja hörte zu, den Kopf schief gelegt, als würde sie die Worte so besser verstehen.

»Isa auch?«, fragte sie, als ich mit meinem Bericht fertig war. »Und Agate Pomeranze und … und der ganze restliche Hexenkreis? Ja, aber was geht da nur vor sich? Mir scheint, als wäre irgendjemand darauf aus, alle Wildhexen zu töten oder zu vernichten … Dieser Sturm. Es war ein Hexensturm. Er war nicht natürlich.«

»Es ist nicht ›irgendjemand‹«, sagte ich. »Es ist Bravita Blutsschwester.«

»Das können wir nicht mit Gewissheit sagen. Dich hat sie nicht bekommen. Und hast du nicht erzählt, dass der Eingang der Grotte eingestürzt ist?«

»Schon. Ich glaube, Ilja … wurde begraben. Wir mussten durch ein winzig kleines Loch in der Decke klettern, und ich kann mir nicht denken, dass Ilja dazu in der Lage war.« Oscar war Schulmeister an der Kletterwand, und er hatte es gerade so geschafft, nachdem er zweimal wieder heruntergefallen war. Ilja war nicht eben schlank und auch nicht mehr jung, deshalb konnte ich mir nur schwer vorstellen, dass sie ihm dieses Kunststück hatte nachmachen können. »Aber … ich bin mir sicher, dass wir es mit der Blutsschwester zu tun haben.«

»Das können wir nicht wissen«, wiederholte Thuja.

Ich merkte, dass meine Überzeugung ein wenig nachließ, nur weil sie mir nicht zustimmte. Und trotzdem … trotzdem war ich mir eigentlich sicher.

»Können die Rabenmütter helfen?«, fragte Kahla, und ihre Stimme zitterte, als wäre sie kurz davor zu weinen. »Mein Vater … er liegt nur da und … er blinzelt nicht einmal.«

»Wir müssen sehen, was wir tun können«, erwiderte Thuja. »Nur ohne unsere Raben …. Ich fürchte, es wird nicht viel sein.«

»Wenigstens etwas?«

»Vielleicht. Aber jetzt müssen wir erst prüfen, was wir alles im Sturm verloren haben.«

Das war nicht die Antwort, die Kahla sich erhofft hatte. Sie senkte den Kopf, und ihre dunklen Augen funkelten.

»Du meinst, ihr müsst euch erst um euch selbst kümmern«, sagte sie kalt und wütend.

»Du kannst es gerne so nennen. Aber der Zustand deines Vaters und der anderen wird sich in den nächsten vierundzwanzig Stunden allem Anschein nach nicht verschlechtern. Wer weiß, wie viele der Verletzten hier womöglich sterben, wenn sie nicht die Hilfe bekommen, die wir ihnen geben können.«

Kahlas Lippen wurden weiß, und es klang, als fiele ihr das Atmen schwer.

»Es tut mir leid«, sagte Thuja und wandte ihr das blinde Gesicht zu. »Ich kann gut verstehen, dass es schwer für dich ist.«

»Kannst du das?«, zischte Kahla zwischen zusammengebissenen Zähnen. »Ich glaube nicht, dass du besonders viel verstehst.«

Nichts japste, und auch ich war ziemlich erschrocken. Unglaublich – so mit Thuja zu reden, der bedeutendsten der Rabenmütter!

Thuja antwortete nicht gleich darauf. Es schien vielmehr so, als würde sie Kahla zuerst sehr lange »ansehen«. Dann schüttelte sie sachte den Kopf.

»Es kann sein, dass du recht hast«, sagte sie und klang auf einmal sehr müde. »Ohne die Raben sind wir … nur gewöhnliche Wildhexen. Ja, womöglich nicht einmal mehr das.«

»So etwas darfst du nicht sagen, Thuja!«, widersprach Valla.

»Wieso nicht? Es ist doch die Wahrheit.«

»Wir haben die Eier. Wir haben immer noch die Eier. Und wenn die Küken schlüpfen … in wenigen Wochen, ja, vielleicht schon in ein paar Tagen … dann können wir von Neuem beginnen.«

Thuja streckte eine tastende Hand aus, bis sie Vallas Schulter gefunden hatte. Es war sein verletzter Arm, aber er ließ sich nichts anmerken.

»Danke«, sagte sie. »An einem schlimmen Tag wie diesem ist es gut, daran erinnert zu werden, dass es immer noch eine Zukunft gibt …«

Kahla warf einen zornigen Blick auf die zerbrechlichen grauen Eier, die in ihren Körben hingen, ruhig, geborgen und sicher.

»Für manche vielleicht …«, sagte sie, aber sie sagte es nicht sehr laut.

4 GEDENKFEDER

Es war ein Grüppchen übel zugerichteter, müder, verletzter und mutloser Wildhexen, das sich an diesem Abend im Rabenkessel versammelte. Sie hatten eine der ihren tot aufgefunden, die jüngste in ihrem Kreis, eine junge Frau namens Maina. Obwohl die anderen versucht hatten, sie aufzuhalten, war sie in den Sturm hinausgestürzt, um die Raben zu retten, und jetzt lag sie auf einer Bahre und war so kalt und tot wie die Vögel, denen sie versucht hatte zu helfen. Der Wind hatte sie zerrissen. Ihr Genick war gebrochen, ihre Arme waren gebrochen, ein Bein war an allen drei Gelenken ausgekugelt. Der Sturm hatte sie gebeutelt, als wäre sie eine Ratte. Ich dachte daran, wie wir selbst herumgeschleudert worden waren, obwohl wir uns irgendwo am Rand befunden hatten.

Es war noch immer viel zu still. Die Sonne war im Begriff unterzugehen, aber es war kein Rauschen von schwarzen Flügeln zu hören, keine heiseren Rufe von Vogelstimmen erklangen. Ein paar einzelne Krähen und Dohlen ließen sich für die Nacht in den hohen Bäumen nieder.

Aber kein einziger Rabe.

Die sechs überlebenden Rabenmütter standen schweigend mit gesenkten Köpfen da. Jede von ihnen trug eine Schwungfeder, als wäre es eine schwarze Rose. Zwischen den umgestürzten Bäumen in der Mitte des Kraters flackerte ein schwaches Feuer in einer dreibeinigen Feuerschale, ungefähr eineinhalb Meter über dem Boden. Es hatte so gar nichts Gemütliches oder Zeltlagermäßiges an sich. Das war kein Feuer, das entzündet worden war, um Stockbrot zu backen, Teewasser zu kochen oder Strümpfe zu trocknen. Die Flammen wirkten weder warm noch schön, sondern düster, und sie erinnerten irgendwie an eine Beerdigung.

Vielleicht ging aber auch nur meine Fantasie mit mir durch. Ich wusste schließlich, dass dies hier eine Art Beerdigung *war*. Oder zumindest eine Gedenkzeremonie.

Kahla und ich standen mit dem Großteil der anderen Bewohner des Rabenkessels ein wenig außerhalb des Kreises. Obwohl an die vierzig Menschen versammelt waren, darunter sogar einige Kinder, sagte niemand ein Wort. Das kleinste Mädchen, das sonst immer ein richtiger Wirbelwind war, schluchzte leise und drückte sich an seine Mutter, das war alles. Mir war immer noch kalt bis auf die Knochen, und ich war todmüde und seltsam verwirrt, als wäre ich gar nicht richtig da. Mein Arm tat weh, aber dabei fühlte er sich merkwürdig fern an, als gehörte er gar nicht zu mir.

Eine nach der anderen traten die Rabenmütter an die kalten Flammen in der Eisenschale und übergaben ihre schwarze Feder dem Feuer. Es zischte, und kalte Funken stoben von den brennenden Federn mit dem Rauch hoch in den Himmel. Valla hielt zwei. Eine für sich und eine für Maina.

Die letzte Rabenmutter war Thuja. Arkus musste sie führen, und weil es so still war, konnte ich seine leise, flüsternde Stimme hören.

»Direkt vor dir. Du musst den Arm höher heben, sonst verbrennst du dich.«

Die Flammen spiegelten sich glitzernd in Thujas glänzenden blinden Augen, und sie hob den Arm höher, so wie er es ihr gesagt hatte, bevor sie die schwarze Feder losließ.

Ein Seufzen ging durch die Versammlung. Dann drehte Thuja sich um, die Hand immer noch auf Arkus' Schulter gelegt. Ihre aufrechte Gestalt wirkte noch größer, weil er so klein und zart war, selbst für einen Achtjährigen.

»Wir haben heute viel verloren«, sagte sie. »Und es ist angemessen und richtig zu trauern. Maina ... Maina ist von uns gegangen. Morgen müssen wir sie dem Wind übergeben. Sie wird nicht mehr sehen, wie sich der Rabenkessel aufs Neue erhebt. Aber wir werden uns erheben! Wir haben nicht alles verloren. Ihr dürft nie vergessen, es *gibt* eine Zukunft. Es gibt Hoffnung. Wir haben sechzehn Eier in der Bruthöhle. In allen ist Leben, ich habe sie selbst untersucht. Sechzehn Leben. Sechzehn neue Raben, die schlüpfen und aufwachsen können, wenn wir nur sorgsam auf sie achtgeben und genauso gut für sie sorgen, wie ihre Eltern es tun würden, wenn der Sturm sie nicht fortgerissen hätte. Wir wollen uns inmitten der Trauer auch freuen. Wir sind nicht gebrochen. Wir haben nicht verloren. Mainas Tod war nicht umsonst – im Rabenkessel wird es noch viele Jahre Raben geben!«

Jemand fing an, auf einer Flöte zu spielen. Die Melodie stieg einsam und zerbrechlich in den Abendhimmel, zumindest bis jemand anfing, im Takt zu klatschen, laut und fest, bis die anderen einstimmten. Man bekam nicht unbedingt Lust zu tanzen, aber viele wiegten sich hin und her, von einem Fuß auf den anderen, und obwohl ich viele Menschen sah, die weinten, war deutlich zu erkennen, dass Thujas Worte über Hoffnung und Zukunft Eindruck gemacht hatten.

Kahla war unruhig. Schließlich drehte sie sich um und ging davon. Ich folgte ihr.

»Warte«, sagte ich leise – ich wollte die Musik nicht stören. »Wohin gehst du?«

»Sie wollen uns nicht helfen«, entgegnete sie. »Hör ihnen zu. Das Einzige, woran sie im Moment denken, sind ihre verfluchten *Eier.*«

Katerchen fauchte. Das überraschte mich nicht so sehr, ich hatte schon die ganze Zeit das Gefühl, dass er Kahla nicht besonders leiden konnte. Aber wirklich seltsam war, dass Kahla zurückfauchte. Das heißt … Kahlas *Haare* fauchten zurück. Auf ihrem Kopf bewegte sich etwas, dieses Mal war ich mir sicher.

»Kahla, was ist mit deinen Haaren los?«

»Nichts.«

Ich kniff die Augen zusammen, aber es war zu dunkel, um wirklich etwas erkennen zu können. Deshalb streckte ich meinen Wildsinn nach ihr aus. Wie die Fühler eines Käfers, dachte ich, nur dass meine Fühler unsichtbar waren.

Aber nicht unspürbar. Die Reaktion war ein sehr lautes, deutliches Zischen, und mitten in Kahlas dunklen Haaren tauchte ein flacher dreieckiger Kopf auf. Ein Paar runde gelbe Augen mit scharfen, katzenartigen Pupillen starrte mich böse an, und eine dünne, gespaltene Zunge bewegte sich vor und zurück in dem Versuch, meine Witterung aufzunehmen. Schlangen nehmen Gerüche über die Zunge wahr, und das hier war ohne jeden Zweifel eine Schlange – wenn auch eine sehr kleine –, die sich in Kahlas schwarzer Mähne versteckt hielt.

Katerchen zuckte erschrocken zurück, aber genauso schnell schoss er wieder nach vorn und fauchte noch feindseliger als vorher. Ich packte ihn, aber er wand sich aus meinem Griff und versuchte, Kahlas Bein hochzuklettern, um die Schlange anzugreifen. Ich kannte ihn zwar erst ungefähr einen Tag, aber ich wusste schon, dass er mit weit mehr Kampfeseifer und Mut als mit Vernunft ausgestattet war.

»Katerchen!«

Und besonders folgsam war er auch nicht …

Kahla sang nur einen einzigen zornigen Ton. Katerchen schrie, fiel auf den Boden und blieb für ein paar Sekunden maunzend liegen, bevor er aufsprang und in der Dunkelheit verschwand.

»Hör auf damit!«, sagte ich, viel zu spät. »Was hast du mit ihm gemacht?«

»Wer austeilt, muss auch einstecken können«, antwortete Kahla nur.

»Er ist noch ein Kind!«

»Schön. Dann besteht ja die Hoffnung, dass er eines Tages lernt, sich ordentlich zu benehmen.«

»Kahla, er hat geschrien. Was hast du gemacht?«

»Ich habe ihm nur einen kleinen Schreck eingejagt, ihm ist nichts passiert. Ich habe da vor Kurzem etwas entdeckt – der Körper ist voll Elektrizität, wusstest du das?«

Mit Sicherheit hatte unser Lehrer uns irgendwann einmal im Biologieunterricht erklärt, dass Nerven elektrische Impulse zum Gehirn schicken, aber Biologiebücher und so ein Kram waren mir im Augenblick ziemlich egal. Das Einzige, woran ich denken konnte, war mein armer kleiner Kater.

»Katerchen!«, rief ich.

»Er kommt zurück, wenn er den Schreck abgeschüttelt hat«, sagte Kahla. »Man kann den Strom nämlich sozusagen … ein bisschen höher drehen. Im Körper.«

»Du hast ihm einen *Stromschlag* verpasst?«

»Hätte ich lieber zulassen sollen, dass er Saga anfällt?«

»Saga? Ist das die Schlange?«

Kahla nickte.

»Hat sie dir beigebracht, kleine unschuldige Tiere mit Stromstößen zu quälen?« Ich konnte die Wut in meiner Stimme hören. Irgendwo dort draußen im dunklen Wald lief das Katerchen herum, ängstlich und alleine. Und währenddessen stand Kahla hier und faselte davon, dass er nur »den Schreck abschütteln« musste. Ich konnte absolut nicht verstehen, was mit meiner Freundin passiert war.

»Nein«, sagte Kahla. »Sie war es nicht. Wenn du einen neuen Wildfreund haben darfst, wieso sollte ich dann nicht auch einen haben?«

»Ja, aber eine *Schlange*?«

»Denkst du vielleicht, alle Wildfreunde müssen süß sein? So läuft das nicht in der Wilden Welt!«

»Das habe ich doch gar nicht behauptet! Du hättest mir ja auch einfach von ihr erzählen können, zum Beispiel. Dann hätte Katerchen vielleicht nicht solche Angst bekommen.«

»Angst? Das dumme kleine Vieh wollte mein Bein hochklettern. Er hätte sich geradewegs auf Saga gestürzt, wenn ich nichts unternommen hätte!«

»Und da hast du ihm einen Stromstoß verpasst? Kahla, das ist ... das ist nicht richtig. Was meinst du, was Tante Isa dazu sagen würde?«

Tante Isa war über viele Jahre für Kahlas Wildhexenausbildung verantwortlich gewesen, und ich wusste, was sie von einer Wildhexe hielt, die einem Tier unnötig Schmerzen zufügte. Und Kahla wusste das auch. Sie biss sich auf die Lippe, aber sie lenkte nicht ein.

»Nichts«, sagte sie, »weil Isa im Augenblick sowieso nichts sagen kann, nicht wahr? Sie ist genauso hilflos wie mein Vater, und den Rabenmüttern ist es … ist es einfach *egal.* Hauptsache sie haben ihre kostbaren Eier, und wir anderen können sehen, wo wir bleiben.«

»Maina ist tot«, sagte ich leise. »Die Raben sind tot. Da ist es doch kein Wunder, dass sie sich erst mal um das kümmern müssen, was ihnen geblieben ist.«

»Man kann es auch so eilig haben, die Toten zu begraben, dass man darüber die Lebendigen vergisst«, sagte Kahla hart. »Ich will meinen Vater zurück. Ist das so schwer zu verstehen?«

Das war es nicht. Ich versuchte wirklich, mir immer wieder zu sagen, dass Kahla großen Kummer hatte und deshalb so … anders war. Irgendwo dort in der Dunkelheit war das Katerchen zur Ruhe gekommen, das spürte ich jetzt. Er hatte die Fährte einer Maus aufgenommen und seine Pfoten taten ihm nicht mehr weh. Offenbar hatte Kahla recht gehabt, als sie sagte, sie hätte ihm eigentlich nur einen »Schreck eingejagt«.

Ich wollte nicht streiten. Kahla war nicht nur meine Freundin, sondern auch meine einzige richtige Wildhexenfreundin. Außerdem war sie die Einzige, der es genauso wichtig war wie mir, Hilfe für Tante Isa und die anderen zu holen. Wir mussten zusammenhalten.

»Was meinte Thuja damit, dass Maina dem Wind übergeben werden soll?«, fragte ich, einerseits, weil ich es wissen wollte, aber auch, um auf ein Thema zu wechseln, bei dem wir weniger uneins waren.

»Sie war eine Rabenmutter«, sagte Kahla und wirkte auch ein bisschen erleichtert darüber, dass wir über etwas anderes sprachen. »Sie wird nicht beerdigt oder verbrannt, sondern oben auf dem Totenfelsen auf ein Gestell gelegt. Bis nichts mehr von ihr übrig ist.«

»Bis nichts mehr übrig ist … Meinst du …«

»Das meiste holen die Vögel«, erklärte Kahla, ohne eine Miene zu verziehen. »Das ist doch sehr passend für eine Rabenmutter. Wenn fast nur noch die Knochen da sind, weht der Wind sie auf die Erde, und dann bekommen die Füchse auch noch was ab.«

»Bäh …« Ich konnte meinen Ekel nicht zurückhalten. »Sie wird *gefressen*?«

»Findest du es weniger schlimm, wenn Würmer, Käfer und Maden die Arbeit unter der Erde erledigen?«, fragte Kahla. »Auf die eine oder die andere Weise müssen wir wohl in der Wilden Welt verteilt werden.«

»Ich nicht«, sagte ich. »Besten Dank!«

»Du hast also nicht vor, irgendwann zu sterben?«

»Vorläufig jedenfalls noch nicht, nein.«

Der Tod, daran musste man erst denken, wenn man uralt war. Oder? Mit einiger Verspätung ging mir auf, dass Maina keineswegs uralt gewesen war. Sondern höchstens zehn Jahre älter als ich.

»Na, was für ein Glück«, entgegnete Kahla spitz, »dass du derart fein raus bist.«

Oh nein. Jetzt war sie wieder so … feindselig. Fast alles, was sie in letzter Zeit sagte, klang so, fand ich. Hart, kalt, kantig und scharf.

»Kahla … ist irgendetwas nicht in Ordnung?«

Sie blickte mich funkelnd an.

»Abgesehen davon, dass mein Vater mehr tot als lebendig ist? Und vielleicht schon bald *ganz* tot, weil niemand ihm helfen will? Aber nein. Nicht im Geringsten.«

Ich versuchte, eine Hand auf ihren Arm zu legen.

»Kahla, ich will mich nicht mit dir streiten …«

»Dann lass mich in Ruhe«, fauchte sie. Und dann ging sie davon und verschwand in der Dunkelheit, genau wie der kleine Kater.

Ich hörte ein Flattern hinter mir, und Nichts landete schwerfällig neben mir auf dem Boden.

»Ist sie traurig?«, fragte sie.

»Ja«, antwortete ich. »Aber sie ist auch wütend. Und ein bisschen dumm.«

»Man wird leicht dumm, wenn man traurig ist«, sagte Nichts. »Ich habe es selbst schon ausprobiert! Thuja fragt, ob ihr nicht an dem Totenmahl zu Mainas Ehren teilnehmen wollt.«

»Das ist nett von ihr«, sagte ich. »Aber ich muss zuerst Katerchen finden, und ich … ich kann mir nicht vorstellen, dass Kahla so bald zurückkommen wird.«

5 DAS EIS DER ZEIT

Ich habe über Isa und ihren Hexenkreis nachgedacht«, sagte Thuja. »Ich glaube, ich weiß, was mit ihnen passiert ist. Sie sind in eine Stasis gefallen.«

Das Totenmahl war vorüber, als ich endlich mit dem Katerchen auf dem Arm zurück in den Rabenkessel kam. Diejenigen, die bei dem Sturm verletzt worden waren, hatten Hilfe bekommen, und es schien, als hätte die Feder-Zeremonie auch die lähmende Hoffnungslosigkeit gelindert, die seit dem Sturm über dem Rabenkessel gelegen hatte. Es waren nur wenige Häuser beschädigt worden, nachdem der Großteil der Bewohner in den Höhlen lebte, die in den Kraterrand zwischen die Baumwurzeln gegraben worden waren und in Wirklichkeit fast so viel Sicherheit boten wie ein Schutzraum, dachte ich. In Thujas Räumen waren etwas Staub und Kalk von der Decke gerieselt, eine einzelne Wurzel hatte sich bewegt und ragte jetzt aus der Wand. Auch das Fenster, das zum Krater des Rabenkessels zeigte, hatte etwas abbekommen, sodass sich ein Spinnennetz aus Rissen gebildet hatte, das aussah wie diese Einschusslöcher in Filmen. Aber die Räume boten immer noch Schutz vor dem Regen, die Glühwürmchen-Lampen leuchteten, und im Ofen brannte ein Feuer. Thuja saß auf ihrem Lieblingssessel, die Beine zum Feuer ausgestreckt. Sie sah mehr als nur müde aus, sie erinnerte fast an eine

Mumie – ihr Gesicht war viel faltiger und eingefallener als sonst, und sie hatte tiefe dunkle Ränder unter den blinden Augen. Arkus hatte uns Tee gekocht, einen kräftigen Kräutertee, aber Thujas Tasse stand unberührt auf dem kleinen Tisch neben der Armlehne ihres Sessels.

»Stasis?«, fragte ich. »Was bedeutet das? Und was können wir dagegen tun?«

»Arkus«, sagte sie. »Würdest du mir bitte Grimeas Buch über die *Theorie der Magie* heraussuchen? Ich glaube, es steht im obersten Fach des Regals neben der Tür.«

»Ja, Thuja«, antwortete Arkus. Aber er blieb sitzen. »Der Tee wird kalt«, fügte er in einem Tonfall hinzu, der tatsächlich höflich und vorwurfsvoll zugleich klang.

Thuja lächelte matt und trank gehorsam einen Schluck Tee. Arkus stand auf und kam kurz darauf mit einem zerfledderten alten ledergebundenen Buch zurück – handgeschrieben, wie ich sehen konnte, als Arkus anfing, darin zu blättern.

»Such den Abschnitt über Stasis heraus«, bat Thuja. »Und lies ihn mir vor.«

Beim Umblättern knisterten die Seiten, sie waren spröde, vergilbt vom Alter. Ein besonderer Geruch strömte von ihnen aus, nicht nur dieser museumshafte Ich-bin-ein-sehr-altes-Buch-Geruch, sondern etwas Lebendigeres. Herbst, wurde mir plötzlich klar. Das Buch roch wie ein später Herbsttag im Wald, wenn die Farben verblassen und die Blätter sich langsam in Mulch verwandeln.

Arkus schloss die Augen und fing an zu lesen.

»Magie und Zeit sind zwei Seiten derselben Sache«, begann er.

Es dauerte ein paar Sekunden, bis mir klar wurde, wie unlogisch das war. Also nicht die Sache mit der Magie und der Zeit, obwohl auch das für mich nicht unmittelbar in Zusammenhang stand, sondern die Tatsache, dass er mit geschlossenen Augen las.

»Vieles von dem, das wir mit Magie zu erreichen wünschen, lässt sich genauso gut durch bloße Geduld erreichen. Ich wünsche mir, dass ein Kaninchen zu mir kommt. Nun, ich kann es mit Wildgesang rufen, und es kommt. Aber ich kann mich auch hinsetzen und warten, und es wird ebenfalls kommen, angelockt von der Neugier und dem Gemeinschaftsgefühl, das zwischen allem Leben auf der Erde besteht. Das Ergebnis ist dasselbe, der einzige Unterschied ist die Zeit.«

»Denkst du dir das aus?«, fragte ich, weil ich mir nicht vorstellen konnte, wie es sonst möglich war, dass er klang wie ein altes Buch, obwohl er gerade genauso wenig sehen konnte wie Thuja.

Er blinzelte ein paarmal erschrocken. Arkus war ein stiller, ernster Junge, der sich nur selten bemerkbar machte. Eher im Gegenteil – man hatte den Eindruck, dass es ihm am liebsten war, wenn man von seiner Anwesenheit gar nichts mitbekam. Ich erinnerte mich daran, dass Thuja erzählt hatte, er sei eine Art Findelkind. In der Wilden Welt war es natürlich vollkommen normal, dass man mit Tieren und Vögeln »reden« konnte, aber dort, wo Arkus herkam, war es das eben nicht. Er wurde von seiner Mutter getrennt und in ein Heim gebracht, weil man ihn für verrückt hielt. Psychotisch nannten sie es wohl. Aber von dort war er weggelaufen und hatte auf eigene Faust den Weg zu den Rabenmüttern gefunden – indem er die Vögel befragte, natürlich. Mit dieser Geschichte im Gepäck war es vielleicht nicht weiter verwunderlich, dass er jedes Mal erschrak, wenn er sich aus Versehen bemerkbar machte.

»Ich denke mir das nicht aus«, flüsterte er verlegen. »So steht es da.« Er zeigte in das Buch und senkte hastig den Blick, als ginge es ihm am besten, wenn er mir nicht in die Augen schauen musste. Aber nicht weil er log. Ich reckte den Hals und konnte die alten verschnörkelten Buchstaben sehen. Das, was er laut gelesen hatte, war exakt das, was in dem Buch stand.

»Selbstverständlich steht es dort so«, sagte Thuja, als wäre daran gar nichts Verwunderliches. »Jetzt lies nur weiter.«

Aber Thuja konnte natürlich auch nicht sehen, dass er mit geschlossenen Augen »las« …

Als Arkus wieder anfing, schielte er verstohlen zu mir und hielt ganz offensichtlich meinetwegen die Augen offen. Er las ein bisschen langsamer, und er stolperte über die Wörter, die besonders altmodisch waren.

»Ebenso kann ein Baum mit Wildgesang dazu gebracht werden zu sprießen, eine Blume zu blühen. Sie wären jedoch des unge… des ungeachtet auch dann gesprossen, wenn wir die Geduld aufgebracht hätten, auf ihre wirkliche Blütezeit zu warten. Wenn wir versuchen, eine Krankheit zu heilen, können wir oft nur beschleunigen, was ohn… ohnehin eingetreten wäre. Genauso ist es, wenn wir aus Bequemlichkeit oder Eile die Wilden Wege benutzen, um dorthin zu gelangen, wohin uns auch unsere Beine getragen hätten, we… wenngleich ein wenig langsamer. Für diese Handlungen können wir das Wort *zeitliche* Magie verwenden, nichts wird verändert, bis auf die Hast, mit der etwas geschieht. Bisweilen kommt es jedoch vor, dass wir nicht nur wünschen, sondern auch die Macht haben, eine Zukunft abzuwenden und eine andere hervorzuzwingen. Ein Tier, eine Pflanze, ein Mensch wäre zugrunde gegangen, wir lassen sie leben. Ein Sturm wäre einen Weg gezogen, wir bringen ihn dazu, einen anderen zu wählen. Einen Ort, an den wir niemals hätten gelangen können, nicht einmal wenn wir unser ganzes Leben darauf verwendet hätten … wir erreichen ihn trotzdem, weil wir uns die Nebel der Wilden Wege unterwerfen. Für dieses weit gewaltsamere Eingreifen in den Lauf der Natur verwenden wir das Wort *zeitenlos*, da wir hier aus der Zeit heraustreten, um ein Ziel zu erzwingen, das nicht innerhalb dieser Zeit und an diesem Lebensstrang liegt, auf dem wir uns natürlicherweise befinden. Aber wisse, Wildhexe, dass dies nicht ohne Gefahr oder ohne Preis geschieht. Aus der Zeit zu sein heißt, aus dem Leben sein. Es ist gewissermaßen so, als hielte man die Luft an – für einen Moment ist das möglich, und ist man geübt und tüchtig, dann vielleicht sogar sehr lange; aber beginnt man nicht wieder zu atmen, so wird man unw… unweigerlich sterben. Wer mit zeitenloser Magie ein Ereignis erzwingen oder ein anderes abwehren will, ist kühn. Verlässt man die Zeit zu lange und ist das Ereignis zu gewaltig, gibt es manch einen, der nicht über die Kraft, den Willen oder die Weitsicht verfügt, um zurückzufinden. Dann verbleibt der Körper in *Stasis* – erstarrt außerhalb der Zeit, ohne Atem und sichtbares Leben –, und wird dieser Zustand nicht beendet, zerfällt nach und nach der Lebensstrang, und der Körper stirbt. Für die meisten bedeutet das zugleich die Auflösung der Seele, aber Einzelne haben einen so starken Willen und eine so starke Bindung an das Leben, dass sie jenseits der Zeit verbleiben, in ewiger Suche nach dem zerfallenen Körper oder, noch schlimmer, nach einem beliebigen Körper der ihnen neuen Zugang zum Leben ermöglicht. Das sind die, die wir *Wiederkommer* nennen, und sie gehören zu den Bösen. Ganz gleich, ob das, was ihn ans Leben bindet, im Ursprung noch so selbstlos und womöglich sogar wohlwollend und gut war, kein Wiederkommer kehrt zurück, ohne dass es andere das Leben kostet. Und je mehr Leben er verschlingt, umso größer werden sein Hunger und seine Gier, bis kaum etwas anderes übrig ist.«

Arkus' Augen wurden immer unruhiger, je länger er las. Sie flackerten vom Buch zu Thuja, von Thuja zu mir, zurück zum Buch. Er sah aus wie jemand, der heute Nacht schlecht schlafen würde.

Ich selbst saß da und war vollkommen kalt, tief in meinem Innersten bis nach außen, und spürte nicht einmal mehr die Wärme der Teetasse. Trotz der altmodischen Worte verstand ich ausgezeichnet, was Tante Isa und ihr Hexenkreis in diesem Augenblick meinetwegen durchmachten. Sie waren außerhalb der Zeit gefangen, und wenn es uns nicht gelang, ihnen zu helfen, würden sie entweder sterben oder sich für immer in Wiederkommer verwandeln. Das Zweite war schlimmer als das Erste. Die Blutsschwester als Wiederkommer war beängstigend genug – ich hatte sie zu ihren Lebzeiten nicht gekannt, und wenn ich nur wüsste wie, würde ich nicht eine Sekunde zögern, sie in das Grab zurückzustoßen, das sie niemals hätte verlassen dürfen. Doch was ... was wäre, wenn Tante Isa ein Wiederkommer würde?

»Aber ...«, brachte ich hervor, und meine Stimme war kaum mehr als ein Flüstern. »Aber *wie* befreit man jemanden aus dieser ... Stasis.«

»Das steht hier nicht«, sagte Arkus. »Das heißt ... hier steht nur ganz wenig.«

»Lies es«, sagte ich. »Lies das Wenige, das da steht.«

»Ja ... ich ... Die Buchstaben sind aber noch älter.« Er hielt mir das Buch hin, sodass ich es sehen konnte. Tatsächlich stand mitten in dem einigermaßen leserlichen Text ein kleiner Abschnitt, der anders aussah. »Hier hat sie etwas abgeschrieben, das von anderen stammt. Und wenn sie andere kopiert hat, dann hat sie auch die Schrift von ihnen kopiert«, erklärte Arkus. »Das hier stammt von einem alten Felsen, nicht einmal aus einem Buch.«

»Kannst du es lesen?«

»Nur …«, er zögerte und sah aus, als würde er einen großen Kloß schlucken. »Nur, wenn ich die Augen schließe«, flüsterte er dann.

Das ergab doch gar keinen Sinn. Aber andererseits hatte ich eben selbst erlebt, dass er mit offenen Augen schlechter und unsicherer las …

»Warum?«, fragte ich nur.

»Oh …«, sagte Thuja plötzlich. »Aber kleiner Arkus! Das hast du mir ja gar nicht gesagt!«

»Was denn?«, fragte ich.

»Wenn ich die Augen zumache«, erklärte Arkus mit einer Stimme, die so leise war, dass man eigentlich Mauseohren gebraucht hätte, um ihn zu verstehen, »kann ich besser hören.«

»Und manche Bücher«, sagte Thuja, »manche magischen Bücher haben so viel Leben und Seele, dass sie ihre Geschichte beinahe von selbst erzählen … wenn man genug Wildsinn hat, um sie zu hören. Kleiner Arkus. Was hast du doch für viele Kräfte. Du überraschst mich immer wieder …«

Ich starrte das Buch an. Es sah immer noch aus wie eine einfache Sammlung alter vergilbter Blätter. Ich konnte nicht widerstehen, es selbst zu versuchen – ich schloss die Augen und bemühte mich, meinen Wildsinn mit aller Kraft nach dem Buch auszustrecken … aber mein »Gehör« war offenbar nicht so gut wie Arkus'.

»Na, dann mach die Augen zu«, meinte ich schließlich. »Und lies!«

»Man sagt, die Stasis könne gebrochen werden«, fuhr Arkus mit seiner Lesestimme fort, »aber ich selbst habe nie gesehen, dass es gelungen ist. Jedoch meinen viele, der Rabenstein gäbe uns die Antwort. Darauf steht:

Diese Runen
sind gesetzt in der Zeit,
um zu brechen das Eis.
Die Augen des Raben sind bereit,
zu unterwerfen die Zeit,
dass Zeit und Leben wieder fließen.

Wenn das die Antwort ist, so bleibt die Lösung im Dunkeln. Aber Raben symbolisieren bei den Wildhexen nicht nur die Weisheit, sondern auch die Zeit, also können wir dieses Rätsel vielleicht nur durch die Augen eines Raben verstehen.«

Arkus öffnete die Augen und hob den Blick.

»Mehr steht nicht da«, sagte er. »Nur noch eine Menge Zeug über den Unterschied zwischen Tiermagie und Pflanzenmagie …«

»Es ist gut, Arkus«, beruhigte Thuja ihn. »Das war genau der Abschnitt, den ich noch einmal hören wollte.«

»Ja, aber wie soll uns das helfen?«, wandte ich ein. »Wenn nicht mal …« Wie hieß die Autorin des Buches noch gleich? Ich warf hastig einen verstohlenen Blick auf die abgegriffenen Buchstaben auf dem Buchrücken. »Wenn nicht einmal Grimea weiß, was es mit dem Rabenstein auf sich hat …«

»Grimea war keine Rabenmutter«, sagte Thuja. »Sie sah die

Welt nicht durch die Augen eines Raben. Wusstest du, dass ein Rabe, wenn er ein Problem lösen will – zum Beispiel, wie er an einen Brocken Fressen herankommen soll, der zwischen einen Haufen Zweige gefallen ist –, dann nicht einfach ein paar zufällige Dinge ausprobiert? Nein, er sieht auf einen Schlag alle Möglichkeiten und wählt die aus, die am aussichtsreichsten ist. Er sieht das Ganze und verschwendet keine Energie auf etwas, das ohnehin sinnlos wäre. Gajus, mein alter Rabe … also wenn es etwas gab, was ich nicht überblicken konnte, etwas, was gleichsam aus so vielen Möglichkeiten und Gefahren zusammengesetzt war, dass ich nicht wusste, wo ich anfangen oder aufhören sollte … Er konnte es gar nicht fassen, dass ich so dumm war. Er erkannte den richtigen Weg immer sofort. Spiele nie mit einem Raben Schach. Es gibt nicht viele Raben, die daran Spaß haben, aber die, die es mögen … die können das ganze Spiel überblicken. Und ich meine das *ganze* Spiel. Alle denkbaren Züge, die Konsequenzen jedes einzelnen Angriffs, den du versuchst. Es ist, als könnten sie alles, was noch nicht da ist, genauso deutlich sehen wie das Spielbrett, das in dem Moment vor ihnen steht. Deswegen spiele nie Schach mit einem Raben, es sei denn, du hast nichts dagegen zu verlieren.«

Das hatte ich auch nicht vorgehabt – ich kannte ja nicht einmal die Regeln und hatte außerdem leichte Schwierigkeiten damit, mir vorzustellen, dass sie mir ein Vogel beibrachte – aber ich verstand trotzdem, was Thuja meinte.

»Ich wusste nicht, dass Raben *so* klug sind«, sagte ich.

»Unter den Vögeln haben sie das größte Gehirn«, erklärte Thuja. »Und sie wissen es zu nutzen. Also vielleicht … vielleicht könnten eine Rabenmutter und ihr Rabe das Eis der Zeit brechen …«

Das Eis der Zeit. Das klang kalt und feindselig. Aber es passte haargenau auf das, was mit Tante Isa und den anderen passiert war.

»Aber …«, sagte ich. »Im Augenblick gibt es hier keine Raben … außer … es könnte auch irgendein anderer Rabe sein?«

Denn es gab ja abgesehen von denen, die im Rabenkessel lebten – oder gelebt hatten –, trotz allem noch andere Raben auf der Welt.

»Unsere Raben …«, sagte Thuja, und man hörte ihrer Stimme an, wie groß der Verlust und die Trauer waren. »Unsere Raben haben seit Jahrhunderten mit den Menschen zusammengelebt. Wir haben voneinander gelernt. Ich glaube nicht, dass ein Rabe von einem anderen Ort verstehen könnte, was die Menschen brauchen – jedenfalls nicht auf dieselbe Weise. Uns bleibt nichts anderes übrig, als darauf zu warten, dass die Küken schlüpfen – und zu hoffen, dass unter der neuen Brut ein ungewöhnlich aufgeweckter und sich schnell entwickelnder junger Rabe ist.«

Warten, dachte ich. Warten kostete Zeit. Zeit, die Tante Isa womöglich nicht hatte … wie lange dauerte es, bis so ein Lebensstrang riss? Die Wildhexen in Tante Isas Hexenkreis waren stark und fähig, aber Shanaia war noch sehr jung, Frau Pomeranze ziemlich alt und … und … wie lange konnte ein Mensch es überhaupt überleben, im Eis der Zeit eingefroren zu sein?

»Wie lange dauert es, bis die Küken schlüpfen?«, fragte ich.

»Ein paar Tage«, sagte Thuja.

6 EIERSCHALEN

Ich weiß nicht, wie spät es war, als Kahla endlich zurückkam. Auf jeden Fall spät. Thuja und Arkus waren schon im Bett, das Katerchen schlief auf meinem Schoß, und obwohl Nichts versuchte, sich zusammen mit mir wach zu halten, kamen in regelmäßigen Abständen Geräusche von ihrer Sitzstange, die verdächtig nach Schnarchen klangen, gefolgt von erschrockenem Krächzen, Flügelschlagen und der laustarken Versicherung: »Ich *bin* wach! Ich *bin* wach!«

Ich war todmüde und hätte mir am liebsten einfach ein Ticket ins Land der Träume gelöst. Aber ich machte mir Sorgen um Kahla, und außerdem sollte sie erfahren, was wir über das »Eis der Zeit« und die Augen der Raben herausgefunden hatten. Sie sollte wissen, dass es Hoffnung gab. Vielleicht würde das gegen diese harte, kantige Feindseligkeit helfen, die alles so schwer machte.

Trotzdem hätte ich sie fast nicht bemerkt. Arkus hatte uns Kissen, Decken und verblüffend bequeme Rollmatratzen gebracht, damit wir hier in Thujas Wohnstube schlafen konnten statt drüben im Gästehaus, wo der Sturm beide Fenster zerstört hatte. Entweder war ich trotz aller Bemühungen ein *ganz* klein bisschen eingeschlafen, oder aber Kahla war ungewöhnlich leise, als sie ins Zimmer kam. Plötzlich war sie einfach *da*, eine dunkle

Gestalt im schwachen Schein der Feuerstelle. Sie wühlte in ihrer Tasche, ohne Licht anzumachen, und ich musste erst ein paarmal blinzeln, um sicher zu sein, dass sie es wirklich war.

»Kahla …«, flüsterte ich.

Sie zuckte zusammen.

»Ja«, sagte sie nur. »Schlaf weiter.«

»Nein, ich habe auf dich gewartet. Ich wollte dir erzählen …«

Ich schilderte ihr, dass in dem alten Buch stand, was es bedeutete, außerhalb der Zeit gefangen zu sein, und berichtete ihr von dem Vers, der auf dem Rabenstein stand.

»Es sieht also so aus, als könnten die Rabenmütter tatsächlich helfen. Wir müssen nur warten, bis die Küken geschlüpft sind und … Kahla, hörst du überhaupt, was ich sage?« Ich hatte nämlich nicht den Eindruck. Sie antwortete auch nicht, und obwohl ich ihr Gesicht nur schlecht sehen konnte, weil das Feuer hinter ihrem Rücken loderte, war ich ziemlich sicher, dass sie weder erleichtert noch hoffnungsvoll aussah.

»Ja«, sagte sie bloß. »Ich bin ja nicht taub, oder?«

»Aber verstehst du nicht, dass wir es schaffen können? Wir können deinem Vater helfen. Und Tante Isa. Und Shanaia. Und Frau Pomeranze und Herrn Malkin …«

»Glaubst du das wirklich?«, fragte sie grimmig. »Der Rabe, den du brauchst, muss ein echtes Genie sein. Und Vögel, die gerade erst aus dem Ei geschlüpft sind, sind genauso dumm wie andere Babys. Die ersten langen Monate tun sie nichts anderes als schlafen, essen und kacken – selbst die Allergenialsten von ihnen.«

»Aber …«

»Du bist so naiv«, fauchte sie. »Wenn sich irgendein Erwachsener hinstellt und sagt: ›Komm, ich helfe dir‹, dann lässt du alles stehen und liegen und überlässt ihm die ganze Angelegenheit. Wann kapierst du endlich, dass man die Dinge selbst in die Hand nehmen muss? Niemand wird dir helfen, jedenfalls nicht ernsthaft. Und wenn sie behaupten, dass sie dir helfen wollen, dann tun sie das nur, um dem Baby den Schnuller in den Mund zu stecken. Sie wollen einfach, dass du aufhörst, zu brüllen und dich zu beschweren.«

Ich wusste nicht, was ich dazu sagen sollte. Mit dieser Kahla konnte man nicht sprechen. Ich wollte die alte Kahla zurück, die, mit der man Spaß hatte, mit der man Probleme *lösen* konnte. Ja, okay, auch die alte Kahla war manchmal ungeduldig gewesen, weil ich zu langsam war oder zu schnell aufgab, aber sie war nicht … nicht wie diese hier. Nicht so kalt. Nicht so ätzend, als wäre jedes Wort, das sie sagte, ein Mundvoll unverdünnter Salzsäure.

»Ich dachte, du würdest dich freuen«, murmelte ich schließlich.

»Ja, das dachtest du wohl«, entgegnete sie kalt. Dann schien es, als würde sie sich doch noch ein bisschen zusammenreißen. »Leg dich hin und schlaf«, sagte sie in freundlicherem Tonfall. »Im Augenblick können wir ja doch nichts anderes tun.«

Sie legte sich auf die Matratze, die wir für sie gerichtet hatten, und zog sich die Decke ganz über den Kopf, sodass ihre Umrisse eher einer unförmigen Wurst ähnelten als einem Mädchen, das versuchte zu schlafen. Aber ich konnte sehen, dass die Wurst dort, wo ihre eine Schulter war, zitterte.

»Kahla«, flüsterte ich. »Weinst du?«

Es kam keine Antwort. Ich überlegte, ob ich zu ihr krabbeln und sie in den Arm nehmen sollte, denn ich konnte ja nur zu gut verstehen, wie unglücklich und besorgt sie um ihren Vater war.

Auf der anderen Seite … ich hatte Angst, dass sie mir nur noch mehr Säure an den Kopf spucken würde. Schließlich legte ich mich einfach hin und zog meine Decke ebenfalls hoch, zwar nicht bis über den Kopf, aber wenigstens bis zum Kinn.

»Gute Nacht«, flüsterte ich. Aber es kam wieder keine Antwort.

Es ist nie besonders angenehm, von einem Schrei geweckt zu werden.

Besonders dann nicht, wenn der Schrei nicht von einem Kind kommt, das einen bösen Traum hatte, sondern von einem Erwachsenen – dem Erwachsenen, von dem ich gehofft hatte, er würde dafür sorgen, dass die Welt wieder ein bisschen geordneter und weniger katastrophig aussah.

Es war Thuja, die schrie. Heiser und schrill und vollkommen verzweifelt.

»Die Eier!«

Sie taumelte im Nachthemd aus ihrem Schlafzimmer, die langen grauen Haare standen ihr in alle Richtungen ab. Ihre Augen waren weit aufgerissen, genau wie am Vortag, als sie uns für Fremde gehalten hatte, die zu ihren kostbaren Eiern vorgedrungen waren.

Ich setzte mich auf. Das Katerchen war nirgends zu sehen, und dasselbe galt für Kahla. Ihre Decke lag sorgsam zusammengefaltet auf der Matratze. Thuja bewegte sich unsicher durch die Stube und stieß beinahe gegen einen Stuhl, der – sicher unseretwegen – an einer anderen Stelle stand als sonst.

»Pass auf, Thuja … Warte …«

Sie schien mich überhaupt nicht zu hören. Sie steuerte geradewegs auf die Tür zu, und ich musste an die ganzen gespaltenen

Bäume und herabgefallenen Äste dort draußen denken. Wo war Arkus? Jemand musste ihr helfen, damit sie sich nicht verletzte. Offenbar würde wohl ich dieser Jemand sein, obwohl ich darin längst nicht so gut war wie Arkus.

Hastig schob ich die Füße in meine Stiefel. Nichts piepste mit großen, kugelrunden Augen: »Was ist passiert?«, aber ich hatte keine Zeit, um sie zu beruhigen. Ich rannte Thuja nach, packte ihren Arm so höflich, wie es eben möglich ist, wenn man verhindern will, dass jemand über einen Ast stolpert.

»Warte«, sagte ich so bestimmt, wie ich konnte. »Es bringt ja nichts, wenn du in ein Loch stürzt und am Ende gar nicht ankommst!«

Sie sagte nichts, aber sie ließ sich von mir führen.

»Wo sollen wir hin? In die Bruthöhle?« Schließlich war sie aufgewacht, weil mit den Eiern etwas nicht stimmte.

»Ja«, sagte sie heiser. »Schnell!«

Wir waren nicht die Einzigen. Um uns herum hasteten noch mehr undeutliche Gestalten in Richtung der Bruthöhle. Alle Rabenmütter – die sechs, die noch übrig waren – waren von den Schreien der ungeschlüpften Rabenküken in ihren Köpfen aus dem Schlaf gerissen worden.

In dem schwachen rötlichen Licht der Bruthöhle flackerten nicht nur die Atemwolken der Feuerechsen, sondern auch etliche Lampen und Fackeln. Aber obwohl das Licht so schlecht war, waren die zerschlagenen Eier nur allzu deutlich zu sehen.

Der Boden war von Schalen übersät. Kleine, nasse Küken lagen reglos zwischen den zerstörten Eiern – gestorben, noch bevor sie hatten schlüpfen können. Mittendrin stand Arkus und hielt einen winzigen, leblosen Raben in seinen von Eiweiß glänzenden Händen. Der viel zu große Kopf des Vögelchens hing schlaff von seinem dürren Hals, und abgesehen von ein paar wenigen Federstoppeln an den Flügeln war er nackt und sein Körper nahezu überall violett.

»Arkus!«, schrie Valla. »Gib mir den Vogel. Sofort!«

Thuja riss sich aus meinem Griff und machte einen Schritt nach vorn. Ihre suchenden Hände tasteten in der Luft.

»Arkus«, sagte sie heiser. »Wo bist du? Was hast du getan?«

Arkus starrte sie mit weit aufgerissen Augen ängstlich an.

»Er hat die Eier zerschlagen.« Vallas Stimme bebte vor Zorn. »Jedes einzelne.«

Arkus öffnete den Mund, aber er sagte nichts.

Es war Thuja, die flüsterte: »Nein. Das stimmt nicht. Arkus – das passt nicht. Nicht wahr?«

Arkus schloss die Augen. Und dann verschwand er.

Es war nicht so, dass er an uns vorbeigelaufen wäre oder sich hinter irgendetwas versteckt hätte. Er verschwand ganz einfach, wie ich es sonst bisher nur von Kater kannte. In einem Augenblick stand da ein schreckensstarrer Junge mit einem Rabenküken in den Händen, im nächsten war nur noch ein Klecks Wilde-Wege-Nebel zu sehen, der sich langsam verteilte und sich vor unseren Augen auflöste.

7 DIE FREUNDIN, DIE KEINE IST

Wir hatten eine lange Menschenkette gebildet, die den Wald rund um den Rabenkessel durchsuchte. Ich fand das nicht besonders sinnvoll, schließlich hatte ich mit eigenen Augen gesehen, wie Arkus in einer Nebelwolke verschwunden war. Wenn er das beherrschte, wieso sollte er sich dann hier in der Nähe hinter einem Baum verstecken? Die Chancen der Rabenkessel-Hexen, die die Wilden Wege absuchten, standen vermutlich deutlich besser – unter ihnen waren vier der Rabenmütter, aber ohne ihre Raben waren sie auch nicht stärker und klüger als die anderen, vielleicht sogar eher das Gegenteil.

Es gab nicht genug Laternen für alle, deshalb bekam ich keine. Das machte es eigentlich noch sinnloser, hier herumzulaufen. Falls Arkus nicht zufällig irgendwo direkt vor meinen Füßen lag, würde ich ihn vermutlich nicht finden. Ich füllte einen Platz in der Kette aus, das war alles.

Natürlich hätte ich Nein sagen können. Aber alle waren so … so aufgebracht und wütend und verwirrt. Viele waren überzeugt, dass Arkus die Eier zerstört hatte, aber es gab auch jene – darunter Thuja –, die sich das kaum vorstellen konnten und die ihn einfach nur finden wollten, um mit ihm zu reden. Ich machte mir Sorgen, was passieren würde, wenn einige der erstgenannten Hexen ihn erwischten. Sie waren so zornig. Sie hatten allen

Grund, böse zu sein, aber was, wenn sie diese Wut nun an Arkus ausließen – und er es gar nicht gewesen war?

Ich fand es selbst so schrecklich – erst die Raben und jetzt die armen ungeschlüpften Küken! Und das für sich genommen war schon furchtbar genug, aber es erstickte außerdem die Hoffnung, die gerade erst in mir aufgekeimt war – die Hoffnung darauf, dass wir es mithilfe der Raben schaffen würden, Tante Isa und die anderen aufzuwecken und sie zurück in die Zeit zu bringen. Aber es fiel mir schwer zu glauben, dass Arkus so etwas getan haben sollte.

Maunz. Kratz.

Ich blieb stehen und fasste an meinen Kopf. Was war das?

Maunz. Mauunz. KRATZ!

»Aua«, rief ich. »Lass das!«

Es fühlte sich an, als würde mich jemand *in* meinem Kopf kratzen.

Das Mädchen neben mir in der Kette, sie war kaum älter als ich, war auch stehen geblieben.

»Was ist los?«, fragte sie. »Wir müssen die Kette geschlossen halten, sonst bringt es ja nichts.«

»Geh ohne mich weiter!«, sagte ich schnell, denn ich glaubte kapiert zu haben, was hier los war, aber ich hatte keine Lust, es ihr zu erzählen. »Ich habe mir den Fuß verknackst …«

Sie hob ihre Laterne und schaute mich an, als wäre das die armseligste Ausrede, die sie je gehört hatte.

»Brauchst du Hilfe?«, fragte sie, obwohl ich ihr deutlich ansehen konnte, dass sie meinen Knöchel in diesem Moment nicht besonders wichtig fand.

»Nein«, sagte ich. »Ich komme schon klar. Geh ruhig weiter …«

Das tat sie, und es dauerte nicht lange, dann stand ich mutterseelenalleine in der stockfinsteren Dunkelheit, während sich die Menschenkette und die Laternen immer weiter entfernten.

»Okay«, sagte ich leise. »Was willst du?«

Das Katerchen war nicht Kater. Kater war jahrhundertelang der Wildfreund eines Menschen gewesen und hatte Viridians Seele getragen, wenn er also mit mir »geredet« hatte, dann mit Worten. Vielleicht nicht mit vielen, aber es waren voll verständliche Menschenworte gewesen, allerdings bloß in meinem Kopf zu hören.

Über diese Art von Worten verfügte Katerchen nicht, jedenfalls noch nicht. Aber als ich stehen blieb und ihn kommen ließ, war es für einen kurzen Augenblick so, als sähe ich die Welt durch seine Augen.

Laute, aufdringliche Geräusche und Gerüche. Der Waldboden stank wunderbar nach Tannennadeln, Ameisen und Fuchspipi, und dann war da noch ein feuchter roter Duft von Blut und etwas anderem … etwas Klebrigem, Neugeborenem. Ein winzig kleiner, schwacher Puls. Fahles Licht strömte durch die Bäume. Alles war ganz scharf zu sehen und fast schwarz-weiß, schwarze Schatten und bläulich-weißes Mondlicht, und dort, versteckt unter der Wurzel eines Baums, den der Sturm umgeworfen hatte, saß das Menschenkind mit den großen Augen und Ohren, der Junge, der fast so klug war wie eine Katze. Aber mit ihm stimmte etwas nicht. Er wollte nicht aufstehen, und er machte die ganze Zeit komische Geräusche – und an seinen Wangen lief Wasser hinunter. Das war alles zusammengenommen ziemlich seltsam, und eine Katze konnte da nicht viel ausrichten. Hier brauchte es einen Menschen …

»Wo seid ihr?«, fragte ich. Aber das konnte Katerchen mir nicht zeigen, ich verspürte nur einen merkwürdigen Ruck in mir, als hätte er seine Pfote ausgestreckt und mir einen Hieb mit einer Art Fernbedienungskralle verpasst. Ich drehte mich unwillkürlich um und ging langsam zurück in Richtung Rabenkessel.

Es war eine langsame und beschwerliche Angelegenheit, nachts ohne Licht durch einen Wald zu irren, besonders da es nicht einmal einen Pfad gab. Ich kletterte über heruntergefallene Äste, stolperte durch Brombeergestrüpp, duckte mich unter pikenden Fichtenzweigen hindurch. Es ging ein bisschen besser, wenn ich meinen Wildsinn einsetzte. Damit hatte ich wenigstens ein Gefühl dafür, wo sich die lebenden Bäume befanden, aber die toten konnte ich auch auf diese Weise nicht richtig »sehen«, und so stieß ich andauernd gegen Kiefern, die zwar noch standen, aber längst abgestorben waren, und halb verrottete Baumstämme, die auf dem Waldboden lagen.

Schließlich fand ich Katerchen und Arkus so dicht am Rabenkessel, dass man zwischen den Baumstämmen die wenigen Lichter schimmern sah, die dort immer noch brannten. Katerchen rannte mir mit ungeduldigem Miauen entgegen und kletterte mein Hosenbein hoch. Ich öffnete den Reißverschluss meiner Windjacke und ließ ihn hineinschlüpfen. Er kuschelte sich an meine Schulter und schnurrte laut, während er gleichzeitig ein gewisses Wo-warst-du-denn-Beleidigtsein ausstrahlte. Ich überlegte kurz, ihn darauf hinzuweisen, dass er derjenige war, der weggelaufen war, und nicht umgekehrt, aber ich ließ es. Mit einer Katze kann man nicht ernsthaft diskutieren, und jetzt war es vor allem wichtig herauszufinden, was mit Arkus passiert war.

Die Menschenkette war schon längst davongezogen. Obwohl hier ein magerer Junge kauerte und sich im Dunkeln versteckte, die Arme beschützend um etwas gelegt, das zumindest kein *totes* Rabenküken war – mit meinem Wildsinn und Katerchens scharfen Katzensinnen konnte ich sein Herz schlagen spüren, schwach und schnell wie ein flatternder Schmetterlingsflügel.

»Sie friert«, flüsterte Arkus, der offenbar nicht das geringste Problem damit hatte, mich zu hören, obwohl ich versuchte zu schleichen. »Hilfst du uns?«

»Ja«, sagte ich. Als ich ihn so mit dem Rabenküken sitzen sah, konnte ich unmöglich glauben, dass er der Schurke sein sollte, der die Eier zerbrochen hatte. Stattdessen hatte er versucht, das einzige Küken zu retten, das noch am Leben war. »Was soll ich tun?«

»Ich habe für sie gesungen«, sagte er. »Aber sie ist immer noch sehr schwach.«

Das war seine Stimme auch, und ich konnte seine Zähne im Dunkeln klappern hören. Er schlotterte vor Kälte, er war völlig erschöpft, und obwohl er nicht schniefte und schluchzte, konnte ich trotzdem hören, dass er immer noch weinte. Wasser lief seine Wangen hinunter, wie Katerchen es wohl ausgedrückt hätte, hätte er die Menschensprache beherrscht.

»Wir können zurück in den Rabenkessel gehen«, sagte ich, obwohl ich mir nicht sicher war, ob das eine gute Idee war. »Dort ist es warm ...«

»Nein«, schniefte er. »Sie ... sie hassen mich.«

»Nicht alle. Thuja macht sich Sorgen um dich.«

Er schaute zu mir hoch, und obwohl es hier unter den Fichten sehr dunkel war, konnte ich seine Augen im Mondlicht glänzen sehen.

»Sie ... sie ...«, stammelte er. »Sie hat gesagt ... was hast du getan ... aber ich habe nichts getan. Ich habe nur ... Erya aufgehoben.«

»Erya?«

»Sie ist so schwach«, sagte er. »Sie war fast tot ... ich konnte nicht zulassen, dass sie sie mir wegnehmen.«

Es musste dieses Rabenküken sein, von dem er sprach. Er hatte ihm einen Namen gegeben. Er wusste, dass es ein Weibchen war, obwohl es kaum alt genug war, um zu leben, und obwohl selbst ein erfahrener Vogelexperte große Schwierigkeiten gehabt hätte, den Unterschied zu erkennen.

»Ist sie dein Wildfreund?«, fragte ich vorsichtig.

»Darüber ... darüber habe ich noch nicht nachgedacht. Ich konnte nur einfach nicht zulassen ... dass sie sie nehmen. Und jetzt hassen sie mich. Sie sind so wütend. Es tut mir weh, in ihre Nähe zu kommen! Thuja ... Thuja ist auch wütend.« Dieser Gedanke war nahezu unerträglich für ihn, das konnte ich hören.

»Nicht auf dich«, sagte ich.

»Woher weißt du das?«

»Weil ich weiß, wie groß ihre Angst ist, dass dir etwas zustößt. Und du hast die Eier ja auch nicht zerschlagen – nicht wahr?«

»Nein«, antwortete er. »Das war die mit den Schlangenhaaren.«

Schlangenhaare ... Ich kannte nur eine Person, die mit einer Schlange in den Haaren herumlief. Aber Kahla ... Kahla würde doch nicht ...

Mir wurde eiskalt, und diese Kälte hatte nichts mit der kühlen Nacht zu tun.

Das Einzige, woran sie im Moment denken, sind ihre verfluchten Eier. Ich konnte den Zorn in Kahlas Stimme immer noch hören – sie hatte die Worte geknurrt, als wäre es ein Verbrechen, an etwas anderes zu denken als daran, was ihrem Vater zugestoßen war. Aber deshalb konnte sie doch nicht ... Sie würde doch nie ...

»Wieso glaubst du, dass sie es war?«, fragte ich und konnte hören, wie seltsam dabei meine Stimme brach.

»Weil ich sie gesehen habe.«

»Du hast *gesehen*, wie sie es getan hat?«

»Ja. Ich wurde wach, weil ... weil ich Erya gehört habe ... und ich bin, so schnell ich konnte, hingerannt, aber ... sie ... Überall waren Schalen und tote Küken und sie ... sie ist auf ihnen herumgetrampelt. Und dann ist sie mit dem letzten Ei weggelaufen.«

»Dem letzten Ei?«

»Ja. Ein Ei hat sie nicht zerschlagen. Aber sie hat es mitgenommen. Ich kann ... ich kann das Küken in dem Ei spüren. Er weiß, dass die anderen tot sind. Er versteckt sich. Er will nicht raus ...«

»Du kannst ihn *spüren*?«

Arkus nickte.

»Erya spürt ihn auch«, sagte er. »Sie unterhalten sich.«

Er schaute zu mir hoch mit seinen großen blanken Augen, die viel zu viel gesehen hatten. »Du musst uns helfen. Wir müssen sie finden, aber ... aber ich kann das nicht alleine. Erya friert, und wir haben kein Essen. Ich traue mich nicht ... ich traue mich nicht, in den Rabenkessel zurückzugehen.«

War das wirklich möglich? Hatte Arkus Kahla dabei beobachtet, wie sie ein Ei stahl und die anderen zertrat? *Wieso* sollte sie so etwas tun? Seit ich ihr erzählt hatte, was mit Meister Millaconda passiert war, hatte sie sich zwar seltsam benommen, aber ...

Mir fiel etwas ein, was ich eigentlich versucht hatte zu vergessen. Es drängte sich in meinen Kopf, obwohl ich gar nichts davon wissen wollte.

Als Ilja das Blut für ihre Blutkunst sammelte, um Bravitas Gefängnis zu öffnen, hatte sie sich auch Kahlas Blut beschafft. Blut aus dem Süden, hatte sie es genannt. Feindesblut.

»Blut aus dem Süden, Feindesblut, sie spielt die Freundin, ist aber keine …«

Das konnte unmöglich sein. Ich *wollte* es nicht glauben, nicht nach all dem, was Kahla und ich gemeinsam durchgemacht hatten. Das war fast so, als hätte jemand behauptet, Oscar wäre nicht mein Freund und wäre es auch nie gewesen. *Sie spielt die Freundin, ist aber keine* … wenn das wirklich stimmte, dann hatte Kahla ihre Rolle gut gespielt. Ich hatte ihr geglaubt. Voll und ganz.

Am liebsten hätte ich Arkus geschüttelt, bis er zugab, gelogen zu haben. Aber tief in meinem Innersten wusste ich, dass er die Wahrheit sagte. Ich spürte es, hörte es. Deshalb war Kahla weg gewesen, als ich aufgewacht war, deshalb hatte ihre Decke dagelegen, als wäre sie gar nicht benutzt worden. Ganz gleich, ob es mir gefiel oder nicht, ganz gleich, ob ich es verstand oder nicht, es war, wie es war.

Kahla hatte die Eier zerschlagen und die Rabenküken getötet. Kahla hatte das letzte Ei gestohlen und war damit abgehauen. Aber wohin? Und was wollte sie damit?

8 BLUTSPUR

Ich kam mir vor wie eine Diebin, aber ich konnte es nicht ändern.

»Was machst du da?«, fragte Nichts.

»Ich leihe mir ein paar Decken. Und etwas Essen.«

»Warum?«

»Weil ... weil wir den Eierdieb suchen gehen.«

Nichts flatterte unruhig mit den Flügeln.

»Hat jemand ein Ei gestohlen?«, fragte sie dann.

»Ja.« Ich wollte es ihr eigentlich nicht sagen, aber ... Kahla war auch ihre Freundin. Es war so schwer. Nichts hatte gerade erst gelernt, was das Wort »Freund« bedeutete. Wie sollte ich ihr erklären, dass jemand an einem Tag ein Freund sein konnte und dann ... Feindesblut. Sie spielt die Freundin, ist aber keine. Wie sollte ich Nichts das erklären?

»Arkus sagt ... Arkus sagt, Kahla hätte ein Ei genommen. Und die anderen kaputt geschlagen.«

»Nein«, sagte Nichts nur.

»Was meinst du mit nein?«

»Das würde Kahla nicht tun.«

»Na ja. Aber, also – sie hat es getan.«

Nichts sah verwirrt aus. Ich kannte das Gefühl nur zu gut.

»Hat sie das? Wirklich?«

»Ja. Wirklich.«

»Aber … warum?«

»Ich weiß es nicht.« Ich nahm einen Tontopf mit Ingwerplätzchen, die Thuja uns angeboten hatte, und schüttete den Inhalt in eine Plastiktüte aus meinem Rucksack. Das war nicht unbedingt der perfekte Reiseproviant, aber besser als nichts. »Willst du mit?«, fragte ich, obwohl ich glaubte, die Antwort schon zu kennen. »Oder willst du lieber hierbleiben?«

»Natürlich will ich mit!«, rief Nichts ein wenig gekränkt. »Aber wo gehen wir denn hin?«

»Arkus sagt, er kann das Rabenküken in dem Ei, das Kahla gestohlen hat, hören. Auf diese Weise werden wir sie sicher finden …«

»Ja, aber … was ist mit Thuja? Müssen wir ihr nicht Bescheid sagen?«

Ich überlegte. Sicher sollte ich eigentlich warten, sollte wohl erzählen, was ich wusste. Aber das kam mir trotz allem vor wie ein Verrat … an einer Freundin. Auch wenn sie gar keine war. Oder …

Nein, es war unmöglich, das jetzt zu entscheiden.

»Ich schreibe eine Nachricht«, sagte ich. Und das tat ich auch – aber ich schrieb nur, dass wir herausgefunden hatten, dass »jemand« ein Ei gestohlen hatte, dass wir versuchen würden, den Dieb zu finden, und dass Arkus die Eier nicht zerschlagen hatte. Ich legte den Zettel auf den Esstisch und hoffte, dass ihn jemand finden und Thuja vorlesen würde.

»Wir sollten zusehen, dass wir loskommen«, sagte ich zu Nichts. »Bevor die anderen zurück sind. Bist du abmarschbereit?«

»Aber ja«, sagte Nichts mit gespielter Begeisterung – ich

konnte ihr ansehen, dass sie in Wirklichkeit ziemlich große Angst hatte und völlig überfordert war. »Ich bin superabmarschbereit. Immer. Los, los, mit schnellem Schritt ... Ich bin *so* abmarschbereit ...«

»Gut«, sagte ich nur.

»Aber, äh ...« Nichts hatte sich immer noch nicht von ihrer Schlafstange erhoben. »Clara ... bist du *sicher*, dass das eine gute Idee ist?«

»Natürlich«, sagte ich, obwohl ich in Wahrheit nicht die Spur sicherer war als Nichts.

Arkus wartete dort auf uns, wo ich ihn zurückgelassen hatte, versteckt unter einem umgestürzten Baum. Ich hatte ein paar Kleidungsstücke von ihm gefunden, und er zog seine Wolljacke über den Schlafanzug, ohne den kleinen Raben dabei loszulassen. Ich hatte ihm auch ein Paar dicke Socken mitgenommen, aber erst als er sie anziehen wollte, fiel mein Blick auf seine Füße.

Er war barfuß. Als er die Hilferufe der Rabenküken gehört hatte, hatte er sich nicht einmal die Zeit genommen, in seine Schuhe zu schlüpfen.

Es war mir nicht gelungen, eine Taschenlampe oder etwas vergleichbar Praktisches aufzutreiben – alles, was im Wald hilfreich war, wurde in diesem Augenblick von der Menschenkette benutzt, die nach Arkus suchte. Wenigstens hatte ich eine Kerze, Streichhölzer und ein leeres Marmeladenglas gefunden und auf diese Weise eine Art Laterne gebastelt, die nicht beim ersten Windstoß ausgehen würde. In ihrem Lichtschein konnte ich jetzt sehen, dass Arkus' Zehen nicht nur dreckig und blaugefroren waren, sondern auch – und das war viel schlimmer – dass er etliche Kratzer und Schürfwunden hatte, die ihm das Laufen schwer machen würden.

Katerchen äußerte ein verschlafenes Habe-ich-doch-gesagt-Maunzen, aber erst jetzt kapierte ich, dass er mir deshalb »mitgeteilt« hatte, dass Arkus nach Blut roch.

Wäre Kahla da gewesen, hätte sie einfach einen schnellen Wildgesang gesungen, und die meisten Verletzungen wären, wenn nicht verschwunden, dann doch zumindest sauber und auf dem Weg der Heilung gewesen.

Wäre Kahla da gewesen, sagte ich zu mir selbst, hätten Arkus, Nichts und ich uns nicht auf den Weg machen müssen, um sie und das Ei, das sie gestohlen hatte, zu suchen. Alles wäre anders gewesen, wäre Kahla da statt … statt …

Ich konnte es noch immer nicht ganz begreifen.

»Kannst du nichts für deine Füße machen?«, fragte ich Arkus. »Du bist doch gut im Wildgesang, oder nicht?«

»Erya«, sagte er. »Erya braucht alles, was ich ihr geben kann. So ein paar Kratzer sind doch bedeutungslos.«

Wieso hatte ich nicht daran gedacht, ein Paar Schuhe für ihn einzupacken? Wenigstens hatten wir Socken, und ich entdeckte Rindenstücke, die ich ihm als eine Art Sohlen unter die Füße band, indem ich meine eigenen Schnürsenkel opferte. Die waren sowieso hauptsächlich Verzierung, weil meine Stiefel Reißverschlüsse an den Seiten hatten.

Ich blies die Marmeladenglaslaterne aus und packte sie zurück in meinen Rucksack. Das Glas wurde von der Kerze heiß, man konnte sie also nicht beim Gehen in der Hand halten. Außerdem war es besser, Kerzenwachs zu sparen, nachdem wir nun mal kein anderes Licht hatten. Wir legten uns die Decken wie Capes um die Schultern, und dann war es wirklich höchste

Zeit aufzubrechen. Ich konnte entfernte Stimmen hören, die allmählich näher kamen – es schien so, als wäre der Suchtrupp auf dem Weg zurück.

»Wir müssen in diese Richtung«, sagte Arkus und zeigte mit dem Finger den Weg.

Es kam mir so vor, als wäre da ein Pfad, der gerade eben noch nicht zu sehen gewesen war. Nicht einer dieser Fußwege mit Straßenlaternen und Asphalt, aber eine dünne Nebelspur, die sich zwischen den Baumstämmen durchschlängelte und beinahe … leuchtete.

»Arkus?«, fragte ich. »Was machst du da?«

»Gar nichts«, sagte er. »Das ist der Weg zu dem anderen Raben. Komm jetzt!«

Wir waren immer noch im Wald, und dennoch war die Nebelspur eine Art Wilder Weg. Der Untergrund fühlte sich glitschig und unbestimmt an, aber schon nach wenigen Schritten waren die Stimmen und das Licht des Rabenkessels weit hinter uns. Allerdings hinkte Arkus trotz der Birkensohlen und der Wollsocken so schlimm, dass er kaum gehen konnte.

»Warte«, sagte ich. »Wir müssen irgendetwas mit diesen Füßen unternehmen.«

»Kannst du das nicht?«, fragte Nichts. »Du bist doch auch eine Wildhexe.«

Ja, das war ich. Auf meine ganz eigene Weise. Und wenn Arkus das Rabenküken am Leben erhalten, Kahlas Spur finden und offenbar auch noch seine eigene Version der Wilden Wege hervorrufen konnte – dann sollte man meinen, dass *ich* doch zumindest seine wehen Füße in Ordnung bringen konnte.

Ich seufzte. Wie war es möglich, dass alles, was für andere junge Wildhexen nur Kinderkram war, mir so schwerfiel?

Ich hatte nicht gerade die beste Singstimme der Welt. Unsere Musiklehrerin lächelte mich immer aufmunternd und ein klein wenig angestrengt an und sagte: »Es ist gut, dass du es wenigstens *versuchst,* Clara!« Und die einzige Bühnennummer, mit der ich je Erfolg gehabt hatte, war ein Anti-Raucher-Rap, den Oscar und ich mit etwa sieben Jahren aufgeführt hatten. Alle fanden uns ja *so* niedlich, während wir uns für cool hielten. »Überall nur Qualm und Rauch / wir fallen gleich tot um! / Rauchen stinkt und ist mega dumm! / Selbst superstinkiges Hunde-Igitt / riecht besser als dieser eklige Shit …« Es dauerte Wochen, bis wir den ganzen Text auswendig konnten, und ich erinnerte mich immer noch an einige Stellen. Ich hatte damals eigentlich keine Lust und war total nervös, aber es war immer noch besser, als mit den anderen Mädchen aus der Klasse einen selbst geschriebenen Text zur *Vogelhochzeit* zu singen, wenn ich doch *wusste,* dass mindestens jeder zweite Ton danebengehen würde.

Tante Isa behauptete, beim Wildgesang hätten der Text und die Töne keinerlei Bedeutung, es war nur eine Methode, um sich zu fokussieren. Und wenn das stimmte … konnte man es dann nicht auch mit einer Art Wildgesang-Rap versuchen?

Oh Mann, wenn doch nur Oscar hier wäre, um mir zu helfen. Er konnte viel besser rappen als ich.

»Hört mal her, ihr dummen Füße / hört jetzt auf mit diesem Mist / wir wollen heute weiterlaufen / bis die Nacht zu Ende ist …«

Okay, das war jetzt nicht gerade der allertollste Reim, aber das war dem Wildgesang wahrscheinlich ziemlich egal. Wichtig war nur, dass ich *wollte,* dass es Arkus' Füßen besser ging und dass ich …

Ich glaube, ich kapierte es tatsächlich erst in dem Moment.

Dass es wichtig war, dass ich ein Stück von mir selbst gab. Ein

Stück von meiner Energie, ein Stück von meinem Willen. Denn als ich das tat, war es, als … als hätte jemand den Strom eingeschaltet. Ich konnte es fast sehen. Auf jeden Fall aber konnte ich es mit meinem Wildsinn spüren – wenn ich nur ein wenig gab, kam viel mehr dabei heraus. Genau wie bei diesen Sammelaktionen, wo irgendeine Firma sagt, dass sie für jede Krone, die Menschen spenden, das Doppelte drauflegt. Ganz genau so funktionierte es. Als würde das Universum eine Art Doppel-Bonus auf mein kleines Geschenk geben.

»Clara?«, fragte Nichts. »Was tust du da?«

»Ich … bringe Arkus' Füße in Ordnung. Psst. Ich muss mich jetzt konzentrieren.«

Arkus sah mich mit seinen großen glänzenden Augen an, die ein bisschen an die Augen eines Nachttiers erinnerten.

»Ist das Wildgesang?«, fragte er.

»Ja«, sagte ich entschlossen. »Das ist *mein* Wildgesang. Bleib stehen. Ich fange jetzt an …«

Und dann rappte ich los, so gut ich es konnte. »He, ihr Kratzer, hört auf mit dem Blut / legt los, Helferzellen, genug ausgeruht / und he, ihr Bazillen, eure Show nervt uns so / wir wollen Haut, heil und glatt wie'n Babypopo …«

Ich spürte, wie etwas durch mich hindurchströmte, warm und lebendig, etwas, das von mir auf Arkus überging.

»Es ist doch wirklich nicht so schwer zu versteh'n«, fuhr ich fort, »wer Füße hat, der will damit geh'n. Also kümmer' dich drum, kümmer' dich drum, kümmer' dich drum …«

»Hatschum«, nieste Nichts. »Hatschum, hatschum …« Dann breitete sich ein strahlendes Lächeln auf ihrem Gesicht aus. »Oh … ich mache auch mit!«

Und das tat sie wirklich. Die Energie kam nicht nur von mir, sondern auch von ihr. Und irgendwie bildete ich mir ein, sogar Oscar spüren zu können. Vielleicht, weil das mit dem Rap sonst eigentlich *sein* Ding war, viel mehr als meines, und weil er es mir beigebracht hatte.

Arkus richtete sich auf.

»Danke«, sagte er. »Vielleicht kannst du auch Erya ein wenig helfen?«

»Es wäre wirklich supercool, für ein kleines krankes Vogelkind / jetzt wo wir schon am Helfen sind …«

»Hatschum, hatschum, hatschum«, zwitscherte Nichts hinten in meinem Rucksack. »Also kümmer' dich drum, kümmer' dich drum, kümmer' dich drum.«

Du lieber Himmel, ich hatte eine Backgroundsängerin … die merkwürdigste Backgroundsängerin der Welt, aber ich konnte jede Hilfe gebrauchen, die ich bekam. Die Wörter waren vollkommen egal, es kam nur auf den Rhythmus an, darauf, den Puls zu halten, damit der warme Lebensstrom weiterfließen konnte.

»Lebe, kleiner Rabe, wachs auf und lern fliegen / wir brauchen dich hier, um die Lösung zu kriegen / du brauchst glänzende Flügel und 'nen scharfen Schnabel. / Deine Augen kennen die Zeit wie sonst keiner / weil ein kluger Vogel, und sei es ein kleiner / als Einziger das Ganze sieht / und uns trotzdem gern sein Wissen gibt … Lebe jetzt. Lebe jetzt. Lebe jetzt.«

Peng. Mit einem Mal konnte ich nicht mehr. Ich spürte den Rhythmus nicht mehr, ich hatte keine Worte mehr, der Strom war versiegt, und in diesem Moment hatte ich kaum noch genug Lebenskraft, um mich selbst auf den Beinen zu halten. Ich verstummte und schloss die Augen, alles drehte sich, und ich musste mich an einem Baum abstützen, bis ich mein Gleichgewicht wiedergefunden hatte.

»Kraah …« Es wurde nicht besser dadurch, dass Nichts im selben Moment ins Schwanken geriet und so sehr mit den Flügeln schlug, dass ich ein paar ordentliche Schläge gegen den Hinterkopf bekam. Ich hatte alles, was ich mir von Thuja geliehen hatte – sofern man das als Leihen bezeichnen kann, wenn man vorher nicht um Erlaubnis gebeten hat –, in den Rucksack gepackt, sodass Nichts darin keinen Platz mehr fand. Sie musste obendrauf sitzen und sich an dem Riemen festhalten, der als Verschluss diente. Und jetzt war sie im Begriff herunterzufallen.

Ich machte die Augen wieder auf. Arkus starrte uns an, als wären wir so ungefähr das Kurioseste, was er je zu Gesicht bekommen hatte.

»Hat es geholfen?«, fragte ich.

Er lächelte – ein kleines, verschämtes Lächeln, aber er sah gleich viel hübscher aus.

»Ja«, sagte er. »Es geht ihr viel besser!« Er öffnete seine Jacke ein kleines bisschen, und Eryas weicher, unreifer Schnabel schaute heraus. Ihre Augen waren noch geschlossen, aber trotzdem kam es mir so vor, als würde sie direkt in meine und Nichts' Richtung sehen. Sie stieß einen winzigen Laut aus, eine Art leises Tschiiirp, und sperrte den Schnabel ganz weit auf.

»Ich glaube, sie hat Hunger«, sagte ich.

»Hat sie auch«, entgegnete Arkus. »Hast du an das Rabenfutter gedacht?«

Er hatte mir sorgfältig erklärt, wo Thuja die Krüge und Gläser mit dem passenden »Raben-Babybrei« aufbewahrte, die schon für die neuen Küken vorbereitet worden waren. Das hatte ihn offenkundig mehr beschäftigt als der Gedanke an Menschenessen. Er bestand darauf, Erya zu füttern, bevor wir weitergingen natürlich. Es war mir wirklich ein Rätsel, warum die Leute zu Hause eine schlechte Mutter als Rabenmutter bezeichneten – soweit ich es sehen konnte, war es eine Vollzeitbeschäftigung, so ein kleines Kerlchen am Leben zu halten.

Als wir endlich weiterkonnten, bemerkte ich, dass Arkus nicht mehr humpelte. Kein bisschen. Ich fühlte mich immer noch müde und taumelig, und mein verletzter Arm hatte angefangen zu pochen, als hätte ich aus Versehen ein bisschen zu viel von der Energie abgezweigt, die er eigentlich zum Heilen benötigte. Ich bereute es nicht. Denn gleichzeitig hatte ich ein ganz neues und ein bisschen unerwartetes Gefühl in mir – ich war unglaublich stolz auf mich selbst. Wild vor Stolz. Wildhexenstolz.

Eigentlich war das seltsam. Ich hatte viele Sachen gemacht, die größer waren. Ich hatte die Feuerprobe bestanden und den Rabenmüttern bewiesen, dass ich die Wahrheit sagte und nicht Chimära, ich hatte Chimära besiegt und ihr die Flügel genommen – ja, ich hatte sie letztendlich sogar getötet, obwohl das zu dem Zeitpunkt wohl das war, was sie selbst wollte. Aber es fühlte sich an, als hätte ich das alles nicht ganz mit Absicht gemacht. Ich war geschubst, geschoben und gezwungen worden, und ich hatte Kater und auf gewisse Weise auch Viridian gehabt, die mir geholfen hatten.

Das hier – herauszufinden, wie *ich* dafür sorgen konnte, dass der Wildgesang wirkte –, das hatte ich alleine geschafft. Und ich würde es immer wieder tun können.

Ich summte ein wenig vor mich hin, während wir weiterliefen – grottenfalsch natürlich, aber das war mir egal.

»Ich habe etwas herausgefunden«, sagte ich zu Nichts.

»Was denn?«, fragte sie auf ihrem Rucksackplatz.

»Wenn man etwas nicht kann«, erklärte ich, »dann geht es vor allem darum herauszufinden, was man stattdessen kann.«

»Das klingt klug«, sagte Nichts. »Ich glaube, das probiere ich auch mal aus. Ich kann zum Beispiel nicht so gut fliegen, obwohl ich schon besser geworden bin. Aber ich kann lesen. Und ich weiß, was wo zu Hause in den Schränken steht. Und ich kann pfeifen – hör mal …« Sie pfiff ein paar kurze scharfe Töne. »Und ich weiß, wie man Tee kocht und was man braucht, wenn ein Igel entzündete Augen hat oder eine Maus oder ein Hasenjunges oder … ja, fast alle kleinen Tiere, und ich kann fast das ganze *Lehrbuch für jüngere Wildhexen* auswendig, und ich kann Erbsen pulen und Erdbeeren finden und …« Sie zählte noch sehr lange weiter alles auf, was sie konnte oder worin sie gut war. Ich brachte es nicht fertig, sie zu unterbrechen, damit sie aufhörte. Wir waren jetzt so weit vom Rabenkessel entfernt, dass niemand uns hören konnte, und wenn man als Irrtum auf die Welt gekommen war, den niemand gebrauchen konnte, war es sicher richtig, sich selbst daran zu erinnern, dass man trotzdem zu irgendetwas gut war.

Wir hatten den Wald schon hinter uns gelassen und folgten einem Bachlauf durch ein felsiges Tal, das von ziemlich hohen Bergen umgeben war, als ihr endlich nichts mehr einfiel.

»… und außerdem weiß ich immer, wo Isa ihre Schere vergessen hat, auch wenn es mal im Garten und mal im Stall ist oder auf dem Dachboden oder am Hinterausgang. Ein paarmal lag sie auch schon in der verkehrten Küchenschublade oder auf dem Regal, wo die Tüten mit den Samen stehen, und … und … und … und jetzt fällt mir nichts mehr ein«, sagte sie. »Huch – wird es etwa schon hell?«

»Ja«, antwortete ich. »Es dauert nicht mehr lange, bis die Sonne aufgeht.«

Ich hatte keine Ahnung, wo wir waren. Es kam mir wärmer

vor, als wären wir im Laufe der Nacht weiter in den Süden gekommen, als es möglich war, wenn man einfach nur wanderte.

»Meinst du nicht, wir sollten uns ein bisschen ausruhen?«, fragte ich Arkus.

Er schüttelte den Kopf.

»Wir haben sie *fast* eingeholt«, sagte er. »Wir können jetzt nicht anhalten!«

Mein Herz machte einen unrhythmischen Satz.

»Schon?«, fragte ich. »Benutzt sie nicht die Wilden Wege?«

»Doch, ich glaube schon. Aber … wir sind ganz nah!«

Ich sah mich um. Hier gab es kein lebendiges Wesen, jedenfalls nicht, soweit ich es sehen konnte, außer natürlich Eidechsen, ein paar Vögel und Käfer und andere Insekten. Die Gegend war so felsig, dass die meisten Pflanzen kleine, kriechende Gewächse waren. Mit anderen Worten: Es wimmelte nicht gerade von Büschen, hinter denen man sich verstecken konnte.

Was würde Kahla tun, wenn sie uns entdeckte?

Vor einer Sekunde war ich noch vorwärtsmarschiert, ein bisschen müde in den Beinen, aber einigermaßen unbekümmert, mit Nichts' Dauergeplapper im Ohr. Jetzt fühlte ich mich plötzlich fürchterlich schutzlos und ausgeliefert. Wie in diesen Träumen, in denen man mit einem Mal merkt, dass man nackt in die Schule gegangen ist.

»Dort«, sagte Arkus und rannte los wie ein Jagdhund, der gerade ein Kaninchen entdeckt hat.

»Warte«, zischte ich, aber er beachtete mich nicht. Mir blieb nichts anderes übrig, als ihm hinterherzuhechten, mitsamt dem Rucksack, dem Katerchen, Nichts und allem, was ich sonst noch so mit mir herumschleppte. In diesem Moment bereute ich, dass ich seine Füße *so* gesund gemacht hatte.

Er stürmte die Böschung östlich des Bachs hoch, als wäre er zur Hälfte eine Bergziege, weiter auf die großen Felsblöcke zu, die sich in einer Formation auftürmten, die verdächtig an einen Steinkreis erinnerten, und ich fragte mich, ob das ein Naturphänomen war oder ob Menschen ihre Finger im Spiel gehabt hatten.

Hielt sich Kahla dort auf? Was wollte sie hier? Und was würde geschehen, wenn sie uns sah?

9 DER STEINKREIS

Die fünf hohen Felsblöcke waren in Wirklichkeit sicher grau, aber der Sonnenaufgang tauchte sie an manchen Stellen in einen orange-rosa Schimmer, während die Schatten dazwischen noch nachtschwarz waren. Über uns hatte ein einsamer Vogel angefangen zu singen, um anzukündigen, dass die Sonne schon unterwegs war, ich glaube, es war eine Drossel. Kahla wusste bestimmt ganz genau, was für eine.

Arkus hatte es eilig und wäre am liebsten einfach in den Steinkreis marschiert, aber ich hielt ihn zurück. Ich konnte etwas hören – ein leises Schniefen und ein noch leiseres, schwaches Schluchzen.

Es war Kahla, die weinte.

Nicht, dass ich sie schon so oft weinen gehört hätte – eigentlich noch nie –, aber ich war mir trotzdem sicher.

»Bleib hier«, flüsterte ich Arkus zu. »Ich gehe alleine zu ihr.«

Das passte ihm nicht, aber er war es wohl gewohnt, das zu tun, was die Erwachsenen ihm sagten, und ich war die erwachsenste Person, die im Augenblick zu sehen war. Nichts flatterte so leise wie möglich auf den Boden hinunter, von wo aus sie mich mit sorgenvollen Augen betrachtete.

»Es ist besser, wenn du hierbleibst«, sagte ich, nicht zu Nichts, die das schon von sich aus kapiert hatte, sondern zu Katerchen, der absolut gar nichts kapierte. Ich zog hastig meine Jacke aus, schlang sie um ihn und drückte ihn Arkus in den Arm. Aus dem Bündel ertönte ein zum Glück ziemlich gedämpftes Maunzen, aber ich glaubte nicht, dass Kahla es hörte.

Sie saß mit dem Rücken zu uns auf einem der riesigen Felsen, die Knie fast bis an die Brust hochgezogen. Den Kopf ließ sie so sehr hängen, dass ich ihr Gesicht nicht sehen konnte. Nur jede Menge schwarze Haare. Sie redete mit sich selbst, während sie immer wieder schluchzte.

»Ich bin so müde«, schniefte sie. »Ich muss mich ein bisschen ausruhen. Und die Wilden Wege sind … merkwürdig. Nicht wie sonst. Und ich bin … alleine.«

Das Letzte klang irgendwie ganz schrecklich – als hätte sie Angst, dass es auf der ganzen Welt überhaupt keine anderen Menschen mehr geben würde. Jedenfalls keine, die etwas mit ihr zu tun haben wollten.

Ohne nachzudenken, trat ich in den Steinkreis.

»Du bist *nicht* alleine«, sagte ich. »Komm mit zurück und gib den Rabenmüttern ihr Ei, ich bin sicher, dass …«

Sie schoss hoch wie eine Sprungfeder – ich glaubte fast, es schnalzen zu hören.

»Bleib mir vom Hals!«, schrie sie. »Kapierst du es nicht? *Wir sind keine Freunde mehr.*«

Und dann hob sie ihre Hand mit gekrümmten Fingern, die an Krallen erinnerten, und sang einen Ton, denselben Ton, den sie gegen das Katerchen eingesetzt hatte, nur höher und länger.

Es fühlte sich an, als hätte ich an eine Hochspannungsleitung gefasst. Mein ganzer Körper krampfte sich zusammen und sackte auf den Boden, und für einen kurzen Moment schwebte ich über mir und starrte auf mich herunter. Während ich da noch hing, erstaunt und merkwürdig begriffsstutzig, machte Kahla auf dem Absatz kehrt und rannte los. Im Laufen durchlöcherte sie die Luft mit ein paar scharfen, atemlosen Tönen, die sich nach und nach in den Nebel der Wilden Wege verwandelten. Auch Arkus war losgelaufen, das Katerchen immer noch im Arm, aber er konnte sie nicht einholen, nicht einmal mit seiner seltsamen Nebelspur-Methode. Sie war weg und mit ihr das gestohlene Ei.

Oh, dachte ich langsam. Das war wohl nicht so gut …

Dann hatte ich das Gefühl, als würde etwas an mir ziehen. Ich wurde nach unten gezerrt, zu meinem armen, gekrümmten Körper hinunter, und ich konnte nichts dagegen unternehmen. Erst wurde alles rot, dann schwarz – und dann passierte eine ganze Weile nichts mehr.

»Clara? Oh nein, oh nein, oh nein …«

Nichts' aufgeregtes Jammern drang durch die zähen, dunklen Nebelschleier, die durch meinen Kopf waberten. Ich hatte noch immer das Gefühl, gar nicht richtig in meinem Körper angekommen zu sein. Der Abstand zwischen meinem Kopf und dem Rest von mir war so groß, und als ich die Augen aufschlagen wollte, kam es mir vor, als müsste ich meine Lider über eine sehr schlechte Telefonverbindung dazu auffordern. »Hallo – würdet ihr bitte … Was? Nein, hört mal … Versucht doch bitte … Hallo? Aufmachen!«

Endlich gelang es mir durchzudringen. Ich lag auf dem Boden und starrte in Nichts' besorgtes Gesicht. Ihr graubraunes Gefieder stand in alle Richtungen ab, und ein paar Daunen hatten sich gelöst und segelten langsam auf mein Gesicht herunter. Ich nieste.

Mein ganzer Körper zitterte und bebte, als wäre ich mindestens fünfundneunzig Jahre alt. Aber mir war klar, wenn ich nicht *umgehend* irgendein ernsthaftes Lebenszeichen von mir gab, würde Nichts vollständig in Panik geraten. Arkus stand ein Stück abseits und sah ebenfalls ungewöhnlich verloren aus. Katerchen wand sich in seinem Griff und klang langsam so verärgert, wie es nur eine Katze kann, wenn sie ihren Willen nicht bekommt.

Oh Mann, verdammt, dachte ich. Ich bin die Älteste hier. Und definitiv auch die Größte. Ein halbwüchsiger kleiner Kater, ein achtjähriger Junge und sein flaumiger frisch geschlüpfter Rabe, Nichts – und dann ich. Das wird niemals gut gehen …

Ich glaube, ich lag da und dachte an alles Mögliche – daran, wie seltsam meine Muskeln zitterten, wie hart die Erde war, dass der Himmel gar nicht mehr golden und rosa leuchtete –, weil ich keine Lust hatte, daran zu denken, was Kahla zu mir gesagt hatte.

Kapierst du es nicht? Wir sind keine Freunde mehr.

Sie hatte nicht »Freundinnen« gesagt, weil das etwas anderes bedeutete – gemeinsames Kichern über Sachen, die sonst keiner lustig fand, dieselben Klamotten anziehen oder dieselbe Musik mögen, eine Menge Sachen gemeinsam erlebt haben und wissen, dass man ein Geheimnis erzählen konnte, ohne dass die andere sich darüber lustig machte. »Freundin« war nicht das Gegenteil von »Feind« – das Gegenteil von Feind war »Freund«. Sie hätte genauso gut sagen können, dass wir ab sofort Feinde waren. Das hatte sie gemeint. Wir standen nicht länger auf derselben Seite, und wir kämpften nicht länger für dieselbe Sache.

Ich setzte mich auf. Das klingt einfach, aber das war es nicht. Ich zitterte immer noch so sehr, dass meine Zähne aufeinanderschlugen, und ich merkte, dass ich mir auf die Zunge gebissen hatte.

»Kannst du das Ei noch hören?«, fragte ich Arkus.

»Nicht das Ei, das Küken«, verbesserte er mich. »Und nicht ich höre es, sondern Erya.«

»Ja, aber sie erzählt dir davon, oder?«

»Ja.«

»Und?« Es war schwer, nicht ungeduldig zu werden, wenn die eigenen Zähne so sehr klappern, dass man kaum sprechen kann.

»Sie sind schon weit weg. Wir holen sie nur ein, wenn wir die Wilden Wege benutzen.«

Er schaute mich mit einem Ausdruck an, der irgendwie erwartungsvoll wirkte. Ich bin sicher, er rechnete damit, dass ich aufstehen und sagen würde: »Schön. Da lang. Ich kümmere mich um die Sache mit den Wilden Wegen – schließlich bin ich hier die erwachsene Wildhexe.«

Und das war ich ja so gesehen auch. Ich hatte nur Wahnsinnsangst davor, mich zu verlaufen. Ich hatte es zweimal erlebt, und ich glaube, ich werde niemals vergessen, wie es ist, durch die Nebel zu irren und das Gefühl zu haben, endlos weiter zu laufen, bis man irgendwann umfiel und verdurstete.

Das war nicht übertrieben. Die Wilden Wege saugten einem das Leben förmlich aus – vor allem, wenn man nicht wusste, wohin man unterwegs war. Auf diese Weise waren Shanaias Eltern ums Leben gekommen, das hatte Tante Isa mir erzählt.

Außerdem gab es da ja noch dieses kleine Detail, dass ich nicht wusste, wie man die Wilden Wege benutzte. Arkus' selbst gemachtes System mit den Nebelpfaden war hundertmal effektiver als alles, was ich hätte tun können.

Oder … vielleicht war es wie mit dem Wildgesang. Vielleicht musste ich nur meinen eigenen Weg finden, um sie benutzen zu können?

Ein Wilde-Wege-Rap? Hör mal, Universum, tu, was ich dir sage / denn ich will ganz schnell zu Kahla …

Nein. Schon bevor ich die Worte laut sagte, merkte ich, dass es so nicht funktionierte. Aber wie dann?

Vielleicht gab es keine Clara-Lösung für die Wilden Wege. Meine Mutter sagte ja auch immer, dass ich ihren miserablen Ortssinn geerbt hatte …

»Ich könnte mich sogar mit einem Aufzug verfahren«, sagte sie. »Du bist genauso. Du warst wahrscheinlich zu klein, um dich daran zu erinnern, aber einmal hatte ich in einem Kaufhaus den Buggy abgestellt, um mir ein Kleid anzuschauen, als du plötzlich verschwunden warst. Ich konnte weder dich noch den Buggy finden. Ich war kurz davor, dich über Lautsprecher ausrufen zu lassen, die Polizei einzuschalten und eine Hundestaffel anzufordern, als ich bemerkte, dass du nur ungefähr zwei Meter von mir entfernt auf der anderen Seite eines Kleiderständers mit Wintermänteln warst, den jemand in den Gang geschoben hatte. Achtundzwanzig Wintermäntel – mehr war nicht nötig, um mich so zu verwirren, dass ich dich nicht wiederfinden konnte.«

Plötzlich vermisste ich meine Mutter ganz schrecklich. Aber nicht, weil ich mir wünschte, sie wäre hier und würde alles für mich regeln, denn ich wusste, dass sie das gar nicht konnte. Ich wollte sie nur gerne sehen und in ihrer Nähe sein und ihre Stimme hören.

In der Tiefe meines Rucksacks klingelte mein fast-neues Star-Phone.

Ich hatte den Rucksack nicht mehr auf dem Rücken – Arkus musste ihn mir abgenommen haben, als ich … äh, ohnmächtig oder was auch immer war –, aber ich konnte ihn trotzdem, ohne aufzustehen, erreichen. Ich streckte den Arm aus und fing an, zwischen den Sachen herumzuwühlen, die unseren armseligen Reiseproviant darstellten. Ingwerplätzchen, ein paar Kartoffeln, eine Tüte Salz, Rabenküken-Futter, ein paar runzelige Möhren und zwei Schachteln Rosinen, eben alles, was ich auf die Schnelle gefunden hatte ...

Aus irgendeinem Grund war ich total überzeugt davon, dass meine Mutter versuchte, mich anzurufen, vielleicht weil ich gerade an sie gedacht hatte. Wo war das Telefon? Schließlich schüttelte ich alles auf den Boden, fand das Handy und hob es an mein Ohr.

»Hallo«, sagte ich und hoffte, dass am anderen Ende jemand war.

So war es, aber es war nicht meine Mutter. Es war Oscar.

»Clara«, sagte er, und seine Stimme klang total komisch. »Wo bist du?«

»Ich ... äh, das weiß ich nicht so genau. Irgendwo, wo es Berge gibt.«

»Kannst du zu Tante Isas Haus kommen? Ungefähr jetzt gleich?«

»Wieso?«, fragte ich, während eine kalte, unsichtbare Hand nach meinem Nacken griff. »Was ist los?«

»Das ist ein bisschen schwer zu erklären. Kannst du nicht einfach ... kommen?«

Oscar klang sonst nie so – klein, ängstlich, ernst. Selbst wenn die Lage wirklich schwierig und gefährlich war, plapperte er drauflos, als wäre alles nur ein Spaziergang und sowieso supercool.

»Ich komme«, sagte ich, ohne überhaupt darüber nachzudenken, wie das gehen sollte. »Ich bin gleich da.«

So schnell ich konnte, schaufelte ich mein Handy und die

anderen Sachen zurück in den Rucksack, alles kreuz und quer durcheinander, und alles, was gerade nicht passte, stopfte ich mir eben in die Jackentaschen. Dann rappelte ich mich auf.

»Wir müssen einen kleinen Umweg machen«, sagte ich zu den anderen. »Nichts, wir müssen nach Hause. Hilf mir.«

»Ich?«, sagte Nichts. »Bittest du mich um Hilfe?«

»Ja«, sagte ich. »Denn es gibt eine Sache, die du bei deiner Aufzählung der Sachen, die du gut kannst, vergessen hast. Nein, tatsächlich sind es sogar zwei.«

»Was denn?«, fragte Nichts mit großen Augen.

»Du bist gut darin, nach Hause zu finden. Und du bist gut darin, ein echter Freund zu sein. Und ich glaube, im Augenblick können wir beides gebrauchen.«

Nichts richtete sich auf und schob die Vogelbrust vor.

»Zu Diensten«, sagte sie. »Es geht … ungefähr da lang.«

Sie zeigte mit den Flügelspitzen mehr oder weniger dorthin, wo wir hergekommen waren.

»Aber«, protestierte Arkus. »Wir müssen das Ei finden! Also müssen wir da lang.« Er zeigte nach Süden. Oder – ich glaube, dass es Süden war. Vielleicht war es auch Osten … wie gesagt, der Orientierungssinn ist in meiner Familie nicht sonderlich ausgeprägt.

»Es gibt etwas, das wir vorher erledigen müssen«, sagte ich in einem So-ist-es-eben-Tonfall. Arkus sah frustriert aus, aber er protestierte nicht mehr. Offenbar hatte ich das Sagen. Auch ein Vorteil, die älteste anwesende Wildhexe zu sein …

Ich schloss die Augen für einen Moment und sammelte alle meine Sinne, meine ganze Willenskraft in einem einzigen Gedanken: Ich will zu Tante Isas Haus. Ich sah es so glasklar vor mir – die grauen Findlingsmauern, das moosbedeckte Strohdach, den Hofplatz mit den Regenpfützen und die Apfelbäume, in denen überall Futterhäuschen hingen … Ich sah auch Oscar vor mir, und das verursachte einen Ruck in diesem ganz besonderen Oscar-Draht, der ein kleines Stück über meinem Bauchnabel endete. Wir waren mehr als nur Freunde, wir waren Blutsbrüder – oder wie auch immer man das nannte, wenn einer der Brüder eine Schwester war. Ich glaube, ich würde Oscar überall finden.

Als ich die Augen wieder öffnete, war der Steinkreis verschwunden. Wir waren umgeben von Nebel – dem Nebel der Wilden Wege. Katerchen stieß ein leises, erschrockenes *Miauuu* aus und sprang mit einem Satz auf meinen Arm. Arkus nahm es gelassener auf, aber plötzlich merkte ich, wie sich eine Hand an meinen Ärmel klammerte.

»Es geht da lang«, sagte Nichts und wedelte wieder mit der Flügelspitze.

»Ja«, entgegnete ich nur, denn ich konnte spüren, dass sie recht hatte. »Kommt. Wir gehen.«

10 DIE EGELHEXE KEHRT ZURÜCK

Die Zeit verhielt sich merkwürdig, wenn man auf den Wilden Wegen unterwegs war. Als wir an der kleinen Brücke aus dem Nebel auftauchten, war die Sonne gerade erst im Begriff aufzugehen – als hätten wir uns so beeilt, dass wir in der Zeit rückwärtsgelaufen wären. Ich musste daran denken, was Arkus uns laut vorgelesen hatte, die Sache mit der zeitlichen und der zeitenlosen Magie. Hing es damit zusammen?

Über den Feldern am Bach lag dichter Nebel, aber er hatte nichts mit den Wilden Wegen zu tun, es war nur ganz gewöhnlicher Morgendunst. Auf dem Hof zwischen Stall und Haus stand der Volvo meines Vaters. Und an dem Wagen lehnte eine kleine rundliche Gestalt in einem langen Stufenrock, der so grell gestreift war, dass es aussah, als wäre er aus alten Gartenmöbelbezügen genäht worden.

Es war die Egelhexe Ilja. Offensichtlich war sie doch nicht ganz so tot und begraben, wie wir gedacht hatten.

Ich rannte los. Mag sein, dass das dumm war, aber ich konnte an nichts anderes denken, als dass Oscar mit meinen Eltern in diesem Auto saß. Wieso das so war, wusste ich nicht – eigentlich sollte er ja zu Hause bei seiner Mutter sein, nicht bei meiner –, aber ich spürte, dass er da war, und außerdem hatte er mich ja angerufen. *Kannst du zu Tante Isas Haus kommen?*

Ich konnte mir nicht vorstellen, dass Ilja einfach nur auf eine gemütliche Tasse Tee vorbeischauen wollte.

»Lass sie in Ruhe«, brüllte ich, sobald ich einigermaßen sicher war, dass sie mich hören konnte. »Sie haben dir nichts getan!«

»Ja, aber wovon sprichst du denn, süßer Schatz«, flötete Ilja. »Ich mache doch gar nichts. Wieso sollte ich? Ich bin nur gekommen, um dich vor deiner kleinen Freundin Kahla zu warnen. Ich habe herausgefunden, dass sie ... wie soll ich es sagen ... mit gezinkten Hexenkarten spielt.«

Um ein Haar wäre ich ihr auf den Leim gegangen. Ihre Stimme klang so freundlich und lieb, ihr Lächeln war so warm, dass man es unwillkürlich erwidern wollte. Obwohl sie Bravita freigelassen hatte. Obwohl sie in der Mitte des Hexenrads gestanden und Blut auf den Boden hatte tropfen lassen: Blut meines Vaters – *Blut der Sippe* hatte sie es genannt, Kahlas Blut – *Feindesblut,* das des Froschmanns Fredric – *fremdes Blut,* Shanaias – *Heimatblut* und schließlich auch meines. *Herzblut.*

Viridians Blut. Und als der letzte Tropfen fiel, zerbarst die Schicht aus geschmolzenem Stein, die Bravita jahrhundertlang gefangen gehalten hatte.

Sie hatte es getan, weil sie Rache wollte. Sie gab meiner Mutter die Schuld daran, dass ihre eigene Tochter Lia nicht lebendig aus ihrer Dreizehnjahresnacht zurückgekehrt war. »Jetzt kann *deine* Mutter es ausprobieren. Jetzt kann *sie* erfahren, wie es ist, eine Tochter zu verlieren«, hatte sie gesagt, unmittelbar bevor Bravita ihre Fesseln sprengte und versuchte, meinen Körper zu übernehmen.

Jetzt stand sie da und lächelte so lieb, so freundlich, so warm. Aber im Auto konnte ich Oscar sehen, und er schaute mich derart ernst und verbissen an, dass seine Sommersprossen und Lachgrübchen keine Chance hatten. In einer langsamen, dramatischen Geste zog er sich den Zeigefinger über den Kehlkopf. Ich war mir nicht *ganz* sicher, was er damit meinte, abgesehen davon, dass es hier um Leben oder Tod ging. Das war vielleicht auch Warnung genug.

»HAU AB«, rief ich, auf diese Art, die Wildhexenart, die Menschen und Tiere für gewöhnlich dazu brachte, mir zu gehorchen. »Lass uns in Frieden. VERZIEH DICH!«

Sie zuckte zusammen.

»Wieso bist du so feindselig, kleiner Schatz?«, fragte sie. »Da komme ich hierher und will dir nur helfen …«

»Ja, danke, deine Hilfe kenne ich schon«, sagte ich. »HAU AB VON DEM AUTO!«

Sie lächelte noch süßer und machte drei Schritte vom Auto weg – auf mich zu.

»Wie du willst«, sagte sie. »Auch wenn ich sagen muss, dass ich dein Benehmen *etwas* undankbar finde, wenn man bedenkt, dass ich einen so weiten Weg auf mich genommen habe, nur weil ich mich um dich und deine Familie sorge.«

Ich sah, wie Oscar hinter Iljas Rücken im Wagen auf und ab hopste und dabei wild gestikulierte. Er wackelte mit den Fingern, schlängelte die Hände hoch und runter, zeigte nach unten und machte wieder diese schlängelnden Bewegungen. Ich kapierte kein Stück, was er meinte.

Ilja bewegte sich weiter vom Auto weg auf mich zu. Sie watschelt irgendwie mühsam, dachte ich, sie schwingt ihre Beine bei jedem Schritt so komisch zur Seite.

»HAU GANZ AB«, rief ich. »Verschwinde!«

Aber ich wurde von ihrem Geplapper genau wie von Oscars Gefuchtel abgelenkt und deshalb hatten meine Worte nicht ganz dieselbe Kraft wie sonst. Und irgendwas stimmte nicht mit Iljas Rock – er wölbte sich, schwoll an, bewegte sich –, und etwa in diesem Moment fiel mir siedend heiß ein, dass ich schon einmal gesehen hatte, was sich unter diesem Rock verbarg.

»Meine kleinen Freunde freuen sich doch auch schon«, sagte sie. »Sie wollten dich so gerne wiedersehen …«

Plötzlich quollen sie hervor, als wäre der Rock ein Ballon, der ein Loch bekommen hatte.

Egel. Fette, gestreifte schwarz-braune Egel, die viel größer waren, als Egel eigentlich sein durften. Sie strömten unten aus dem Rock heraus und oben aus Iljas Bluse. Es waren Hunderte … nein, Tausende. Arkus stieß einen leisen Schreckensschrei aus und duckte sich hinter mich, während ich unwillkürlich einen Schritt zurückwich. Beinahe wären wir beide hingefallen.

Die Egel krochen und waberten auf uns zu wie ein schmaler schwarzer Fluss. Sie glitten nebeneinander, aneinander vorbei, übereinander, es sah aus, als würden sie … nein, es sah nicht nur so aus: Sie *erhoben* sich. Vor meinen Augen baute sich eine plumpe, dunkle unförmige Gestalt auf, mit Egel-Armen, Egel-Händen und Egel-Fingern. Selbst ein grobes, dunkles Egel-Gesicht war zu erkennen, mit tiefen Augenhöhlen, einem runden schwarzen Mund, in dem eine noch schwärzere Egel-Zunge war.

»Kooooooommmmmm heeeeerrrrrr«, röchelte sie und streckte ihre zuckenden Egel-Finger nach mir aus.

»HAU AB!!!«, schrie ich, so laut und konzentriert ich konnte, aber das hatte absolut keine Wirkung auf das Egel-Monster. Es kam einfach näher, mit watschelnden, wogenden Schritten. Und irgendwo dort drinnen, tief in den schwarzen Augenhöhlen lag ein rot-gelber Schimmer, den ich wiedererkannte.

Bravita.

Bravita war um einen jungen und einigermaßen funktionstüchtigen Hexenkörper betrogen worden, als Tante Isas Hexenkreis sie daran hinderte, mich zu übernehmen. Sie hatten sogar die Kraft gehabt, dafür zu sorgen, dass sie keinen anderen Menschen übernehmen konnte. Aber an die Egel hatten sie offenbar nicht gedacht.

Ich spürte Bravitas hungrige Seele wie einen Sog, einen Mahlstrom, der versuchte, sich alles einzuverleiben. Gut möglich, dass sich ein paar Egel herunterfallen ließen und wegkrochen, als ich brüllte, aber es waren so viele, dass es auf ein paar weniger nicht ankam. Sie walzte einfach weiter auf mich zu.

»Oh nein«, piepste Nichts ganz, ganz leise. »Sie … sie ist *gefährlich.*«

Das war mir auch schon aufgefallen. Ich wusste nur nicht, was ich dagegen unternehmen sollte. Wenn wir wegliefen, so schnell wir konnten, war sie vielleicht zu langsam, um uns zu folgen. Egel waren schließlich alles andere als Weltmeister im Hundertmeterlauf. Aber was wurde dann aus Oscar im Auto? Und wo waren Mama und Papa?

Ich steckte die Hand in die Jackentasche und tastete nach meinem Handy. Ich weiß nicht, was ich mir dabei dachte oder wen ich anrufen wollte, aber das war auch egal, denn was ich fand, war nicht das Telefon. Es waren zwei Schachteln Rosinen und eine Tüte Salz.

Die Rosinen konnte ich nicht gebrauchen. Aber das Salz …

Panisch versuchte ich, die Tüte aufzureißen, und wich noch ein paar Schritte zurück. Es hatte angefangen zu regnen.

Nein. Das war kein Regen.

Es waren Egel. Sie fielen auf meinen Kopf, auf meinen Hals, als hätte Bravita ihnen irgendwie Flügel verliehen. Ich merkte, wie sie durch meine Haare glitten, über meine Haut, auf der Suche nach einer geeigneten Stelle, um sich festzusaugen.

Ich musste sie ignorieren. Endlich bekam ich die Tüte auf. Ich griff eine Handvoll Salz und schleuderte sie dem Egel-Monster an den Kopf, ungefähr da, wo der runde schwarze Mund und die tiefen Augenhöhlen waren.

»HAUTENDLICHAB«, schrie ich. »ALLE. SOFORT!!!«

Ich weiß nicht, ob es das Salz oder mein Wildschrei war – sonderlich viel Gesang war nicht dabei – oder einfach nur meine totale Hysterie. Entsetzliche, eklige Egel. Ich wollte sie loswerden! Jedenfalls kamen von dem Egel-Monster ein pfeifender Laut und ein Geräusch, wie wenn man eine Brausetablette in ein Glas Wasser fallen lässt, nur das Ganze mal tausend.

»Ffflfllprpprr fllläffff«, blubberte es aus ihrem Mund, keine Worte, nur vollkommen unverständliche Laute, die vermutlich Worte sein *sollten*. Ich grapschte noch eine Handvoll Salz aus der Tüte und warf es auf gut Glück. Ein Egel versuchte, sich direkt unter meinem Kinn festzusetzen, aber ich packte ihn mit salzigen Fingern und zupfte ihn ab. Ich bemerkte noch einen an meinem Ohr, und dem erging es wie dem anderen.

»Aua!«, piepste Nichts. »Aua, nein, lass das. Hau ab!«

Sie klingt fast wie ich, dachte ich.

»Giiiiiibbbb miiiiiiirrr deeeen Raaaaaaabbbbeeeennnnnn …«, pfiff Bravitas »Stimme«, mehr in meinem Kopf, als dass es wirklich hörbar war. »Daaaaannnn geeeehheee iiiicchhh.«

»Nein«, sagte ich. »Du bekommst uns nicht. Auch nicht den Raben! Los, Nichts, versuch es noch mal, mit mir zusammen. Arkus, du auch. Eins, zwei, drei – HAU AAAAAAAAAAAAB!!!«

Sie setzten ein bisschen verspätet ein, aber sie taten es, beide: Sie riefen mit mir im Chor, und es war, als würden unsere Stimmen und unsere Kräfte zu einem einzigen großen Schrei zusammenfließen.

HAU AB!

Er war wie eine Mauer, unser Schrei. Lauter als alles, was ich je alleine hätte schaffen können. Ilja stieß einen halb erstickten Laut aus und rannte los, so gut sie es eben konnte – immer noch fast genauso watschelnd wie das Egel-Monster –, und mit einem nassen Schmatzen bildete sich ein Loch in der Gestalt vor mir. Sie riss in der Mitte durch, kippte um und zerfiel. Egel flogen wie große schwarz-braune Hagelkörner in alle Richtungen, und ich spürte, wie Bravitas hungriger Wille schmolz. Drei, vier Egel, die sich an mir hatten festbeißen wollen, ließen mich los, und wie eine schwarze wogende Decke krochen die Blutsauger durch das Gras davon.

»Entschuldige, aber jetzt bin ich ganz …«, piepste Nichts mit der dünnsten Stimme, die sie hatte, und plumpste vom Rucksack wie ein ausgestopfter Vogel, der vom Regal kippt. Ich wollte mich am liebsten bücken und sie aufheben, aber ich wagte es noch nicht. Nicht, solange ich noch irgendwo Ilja, das Egel-Monster oder auch nur einen einzelnen lumpigen Egel sehen konnte.

Oscar entriegelte die Autotür und kletterte aus dem Wagen. Es sah ein bisschen steif aus, so als hätte er sehr lange gesessen.

»Puh«, sagte er und sah sich langsam wieder ähnlicher. »Gut, dass du gekommen bist. Ich hatte absolut keine Idee, was ich mit diesem Egel-Monster anstellen sollte. Ich habe einfach alle Türen abgeschlossen. Diese Biester sind über das ganze Auto gekrochen. Sie haben die Scheiben bedeckt, sodass man fast nichts mehr sehen konnte. Und die zuckersüße Ilja hat immer wieder gesagt, dass ich das Auto aufmachen solle und dass ich ein schrecklich unhöflicher junger Mann sei. Total psycho!«

Vorsichtig hob ich Nichts hoch, die immer noch im Gras lag. Wahrscheinlich war sie aus reiner Überanstrengung ohnmächtig geworden – sie kam schon von alleine wieder zu sich und schien keinen ernsthaften Schaden davongetragen zu haben.

»Wo sind meine Eltern?«, fragte ich.

»Dein Vater ist noch im Krankenhaus«, entgegnete Oscar. »Irgendwas mit seinen Entzündungswerten, haben sie gesagt. Sie wollen ihn noch dabehalten, bis sich alles ein bisschen normalisiert hat.«

»Und Mama?«

»Ja«, sagte Oscar und sah aus, als müsste er Anlauf nehmen. »Also, deine Mama ... ist im Auto.«

Irgendetwas an der Art, wie er das sagte, stimmte nicht. Etwas, das mich sofort zum Volvo stürzen ließ, um nachzusehen, warum sie nicht einfach ausstieg.

Sie lag mit einer Decke über den Beinen auf dem Rücksitz. Man hätte leicht glauben können, dass sie einfach nur ein Nickerchen hielt, so wie sie es manchmal machte, wenn wir eine weite Strecke fahren mussten und sie müde wurde. Sie hatte die Augen geschlossen, und so gesehen machte sie einen ganz normalen Eindruck. Abgesehen davon, dass sie sich nicht bewegte. Überhaupt nicht. Ich konnte nicht mal sehen, ob sie atmete.

»Mama!«

Ich berührte ihre Hand, dann legte ich die Finger an ihren Hals. Sie war kalt. Nicht kalt wie Eis, aber fast. Genauso kalt wie Tante Isa. Für einen kurzen Moment dachte ich, dass meine Mutter auch zu einer Statue geworden war, aber dann merkte ich doch, dass sie atmete – sehr, sehr flach und langsam. Sie war nicht im Eis der Zeit eingefroren, aber was war es dann?

»Was ist passiert?«, fragte ich.

»Als wir erfahren haben, dass dein Vater doch nicht entlassen wird, hat deine Mutter meine Mutter angerufen. Und meine Mutter hätte es schwachsinnig gefunden, wenn deine Mutter meinetwegen den ganzen Weg bis zu uns nach Hause gefahren wäre und dann den ganzen Weg wieder zurück, wo es doch sowieso schon so spät war. Und da das Krankenhaus eine Art Hotel hat, in dem man übernachten kann, wenn man mit einem Patienten verwandt ist, sind wir dort geblieben. Am nächsten Morgen wollten sie deinen Vater wegen dieses Wertes immer noch nicht entlassen. Deine Mutter hat versucht, dich anzurufen, aber du bist nicht rangegangen. Also haben wir uns auf den Heimweg gemacht, weil deine Mutter sowieso noch etwas abholen wollte, und dann …« Er machte eine Pause. »Das ist eine lange Geschichte«, sagte er. »Denkst du nicht, wir sollten lieber ins Haus gehen? Nur für den Fall, dass diese ekligen Egel zurückkommen …«

»Aber meine Mutter …«

»Wir können sie tragen. Wir holen die Leiter aus dem Stall und –«

»Oscar! Ich will wissen, was mit ihr passiert ist!«

»Okay, okay«, sagte er hastig. »Ich erzähl es dir. Solange wir dabei ins Haus gehen! Also, wir waren gerade losgefahren, als …«

11 OSCARS GESCHICHTE

Das Licht wurde total komisch«, sagte Oscar. »Irgendwie … düster und trotzdem scharf. Und dann wurde es so warm, dass deine Mutter dachte, mit dem Auto wäre was nicht in Ordnung. Wir waren noch nicht sehr weit gekommen, nicht mal ganz auf der Autobahn, aber sie ist trotzdem rechts rangefahren. Und das war gut so, weil kurz danach ein Windstoß kam, der … vor uns fuhr ein kleines blaues Auto, das wurde einen halben Meter in die Luft gehoben, bevor es wieder landete, mehr oder weniger in der Leitplanke. Und dann kam eine gigagroße Krähe angeflogen und knallte in die Frontscheibe. Also beim Volvo … Bang. Jede Menge Federn und Blut und so. Da war ein Müllcontainer, so ein großer grüner, du weißt schon, der einfach vor uns durch die Luft segelte. Und so ging es weiter. Deine Mutter sagte, wir sollten im Auto bleiben, und sie versuchte, das Radio einzuschalten, aber da kam anfangs nur Rauschen und dann brach vor uns ein Laternenmast einfach in der Mitte durch und kippte mit einem Krachen auf die Straße. Total abgefahren. Aber das Abgefahrenste war … das alles passierte nur entlang der Straße. Ich saß in diesem Auto und schaute nach unten in einen Garten auf der anderen Seite der Lärmschutzwand, und da stand eine Frau mit ihrer Wäsche und starrte mit großen Augen zur Straße hoch. Und die wurde nicht umgeworfen. Nicht mal die Laken an ihrer Wäscheleine haben besonders geflattert.«

»Wann war das?«, fragte ich.

»Gerade als wir aus dem Krankenhaus losgefahren waren.«

»Ja, aber wann am Tag?«

»Keine Ahnung. Gegen Mittag, denke ich.«

Zeit war mehr als nur Zeit, wenn die Wilden Wege im Spiel waren, aber soweit ich es ausrechnen konnte, hatte sich das alles zeitgleich mit dem Rabensturm ereignet.

»Der Vogel«, sagte ich, »könnte das ein Rabe gewesen sein?«

»Ich denke schon«, meinte Oscar. »Er war auf jeden Fall groß. Aber es war nicht nur der eine. Alle Vögel sind total durchgedreht. Sie flogen immer weiter in den Wind, als ob sie es nicht lassen könnten. Die konnten ihre Bahn überhaupt nicht steuern, sie wurden einfach mitgerissen und knallten die ganze Zeit gegen irgendwelche Autos. Lebende und tote Vögel. Total creepy, wie im Horrorfilm: Angriff der Zombie-Vögel! Aber ich glaube, es hat gar nicht so lang gedauert, bis der Wind plötzlich aufhörte. Bumm. Als hätte ihn jemand ausgeschaltet. Da ging auch das Radio wieder. Aber wir konnten nicht einfach weiterfahren, die Autobahn war gesperrt, weil sie Angst hatten, irgendwelche Brücken könnten einstürzen. Und zwar nicht nur da, wo wir waren, sondern überall. Totales Chaos. Die Leute kamen nicht vor und nicht zurück, und es wurden Suppenküchen und Schlafstätten in Turnhallen eingerichtet. Alle möglichen Meteorologen versuchten Erklärungen zu finden, einer hat von Sonnenflecken geredet, ein anderer hat behauptet, das Straßennetz hätte wie eine Art Windkanal gewirkt. Aber man hat ihnen total angemerkt, dass sie selbst auch nicht kapierten, was passiert war, und trotzdem irgendwas sagen mussten.«

Inzwischen lag meine Mutter auf dem Sofa, aber immer noch vollkommen reglos. Und Oscar hatte bisher mit keinem Wort erklärt, was ihr zugestoßen war. Hatte der Rabensturm sie auf irgendeine Art und Weise auch getroffen?

»Oscar, Meteorologen sind mir egal. Was ist mit meiner Mama passiert?«, fragte ich.

Er sah ein bisschen beleidigt aus, das heißt so beleidigt, wie Oscar eben aussehen kann, der nun mal immer ein Gesicht macht, als hätte er eben den weltbesten Witz gehört. Ich glaube, er war der Ansicht, ich würde seine Geschichte kaputtmachen. Aber dann schaute er zu meiner Mutter und wieder zu mir, und das Beleidigte verschwand aus seinem Gesicht.

»Das war erst viel später«, sagte er. »Wir sind zu Isas Haus zurückgefahren, weil wir auf der Autobahn nicht weiterkamen und deine Mutter keine Lust hatte, mit einer Menge fremder Menschen in einer Turnhalle zu übernachten. Und außerdem kam deine SMS, die mit Tumpe füttern und so, und Eisenherz wurde auch langsam hungrig.«

»Eisenherz?«

»Äh … ja. Also, irgendeinen Namen braucht er ja.«

Er meinte den Siebenschläfer.

»Stammt der Name nicht aus einer Comic-Serie?«, fragte ich. Oscar war ein ziemlicher Nerd, was das betraf, und hatte solche Hefte stapelweise in seinem Zimmer liegen. Ich glaube sogar, dass ich den Namen daher kannte.

»Doch«, murmelte er. »Das steht für Tapferkeit.«

»Ist der Name nicht ein bisschen komisch für eine Maus?«

»Er ist keine Maus, er ist ein Siebenschläfer. Und außerdem ist er wirklich mutig, wenn man berücksichtigt, dass er nicht sehr groß ist!«

Oscar hat recht, dachte ich. Es war dämlich gewesen, Eisenherz als Maus zu bezeichnen, obwohl ich doch wusste, dass er keine war. Seine Ohren waren größer als bei den meisten Mäusearten, und er hatte einen winzig kleinen Puschel am Schwanz. Außerdem hatte er diese schwarze Maskenzeichnung im Gesicht, die Oscar damals dazu brachte, ihn als »Supermaus mit geheimer Identität« zu bezeichnen.

»Ihm gefällt sein Name«, erklärte Arkus. Bisher hatte er noch kein Wort gesagt und war im Großen und Ganzen so still gewesen, dass wir beinahe vergessen hätten, dass er auch noch da war.

»Genau«, sagte Oscar, als würde das die Sache entscheiden. »Wir sind also hier rausgefahren, um die Tiere zu füttern, und Tumpe hat sich riesig gefreut, uns zu sehen. Und dann …«, er zögerte. »Clara, ich habe heute Nacht sehr seltsam geträumt. Irgendwas mit einem Wald und einem Jungen, der barfuß war, ich glaube, es war Arkus, und du, Clara – du standst dort mittendrin und wolltest, dass ich mir mit dir einen Rap ausdenke …« Er sah mich fragend an.

Manchmal fühlte es sich an, als wären Oscar und ich total verschieden, aber dann … dann war es wieder so, als wären wir fast wie Zwillinge. Wir dachten dieselben Sachen, träumten dieselben Träume – aber das mit dem Rap war kein Traum gewesen. Es erschien mir vollkommen verrückt, dass ein so durch und durch normaler Junge wie Oscar, der überhaupt keine Wildhexe war, trotzdem gespürt hatte, was weit weg vor sich ging, und mir helfen konnte, als ich seine Hilfe brauchte. Hing es wirklich so zusammen?

»Ich … ich habe mir wirklich gewünscht, du würdest mir helfen«, sagte ich vorsichtig.

»Hast du?«, das berühmte Sommersprossen-Grinsen breitete sich über sein ganzes Gesicht aus. »Cool! Und das hat geklappt?«

»Ich … ich glaube schon.«

»Abgefahren. *Total* cool.« Er runzelte die Stirn. »Aber wieso wolltest du rappen?«

»Das ist eine lange Geschichte. Komm jetzt. Was ist weiter passiert?«

»Eisenherz hat mich geweckt. Er war super unruhig und hat mich so lange gezwickt, bis ich nicht mehr anders konnte, als aufzustehen.«

Ich wusste, wie schwer es war, Oscar zu wecken, wenn er erst einmal schlief. Mein Respekt für den kleinen Eisenherz stieg erheblich.

»Es hatte wieder angefangen zu stürmen«, erzählte Oscar, »und die Türen klapperten, aber ich glaubte nicht, dass es etwas Schlimmes sein würde, weil Tumpe ganz still dalag und schnarchte. Aber dann … dann habe ich entdeckt, dass einer dieser ekelhaften Egel auf ihm saß. Und als ich auf den Hof hinausschaute, stand sie da. Ilja. Oder … also sie muss es ja gewesen sein. Ich konnte sie nicht genau erkennen, aber woher hätte Tumpes Egel sonst kommen sollen? Deine Mutter schlief Gott sei Dank nicht so fest wie Tumpe. Sie wollte Ilja nicht ins Haus lassen, aber sie ist rausgegangen, um mir ihr zu sprechen – sie sagte irgendwas von wegen, Ilja wäre Lias Mutter, und Lia wäre ihre beste Freundin gewesen. Sie wollte nicht auf mich hören, als ich sie gewarnt habe, dass Ilja total fies und böse ist, ganz egal, wessen Mutter sie ist – und Ilja war natürlich genauso zuckersüß wie immer. Aber plötzlich piepste Eisenherz und verschwand in meiner Hemdentasche. Da fiel mir auf, dass mindestens dreißig, vierzig dieser Egel an den Beinen deiner Mutter hochkrochen, ohne dass sie es bemerkte. Und dann … dann hat sie die Biester entdeckt und sie … Clara, wusstest du, dass deine Mutter auch eine Wildhexe ist? Sie hat geschrien, aber es war auch Wildgesang, und die Egel flohen in alle Richtungen, und Ilja wurde total sauer, und dann standen sie beide da und schrien sich an. Das war der totale Hexen-Battle, und deine Mutter … Ilja musste schließlich flüchten. Sie tat so, als würde sie einfach gehen, dabei ist sie in Wirklichkeit abgehauen. Aber deine Mutter – deine Mutter ist wie ein Waschlappen zusammengesackt, nachdem Ilja verschwunden war. Ich konnte sie nicht wieder aufwecken und hatte wahnsinnig Angst, dass ihr was passiert war. Ich habe dann versucht, 112 anzurufen, aber natürlich hatte das Handy hier wie immer null Empfang, und schließlich habe ich deine Mutter ins Auto gezogen und … und bin losgefahren. Ich dachte mir, ich könnte wenigstens so weit fahren, bis ich wieder Netz hätte.«

»Fahren?«, rief ich. »Du kannst Auto fahren?«

»Na jaaa …«, antwortete er. »Ein bisschen. Mein Opa hat es mir beigebracht. Meine Mutter weiß nichts davon, und du darfst es ihr auch nicht erzählen, aber wenn wir ihn besuchen und Mama nicht da ist, darf ich immer das letzte Stück bis zum Haus fahren, weil das Feldweg ist und da außer uns nie jemand anderes langfährt. Das habe ich schon immer gemacht. Als ich noch klein war und noch nicht an die Pedale kam, hat er mich auf den Schoß genommen, und ich habe gelenkt. Aber inzwischen fahre ich selbst, und er sitzt daneben. Und euer Volvo hat ein Automatikgetriebe, damit ist es sogar noch viel einfacher …«

Ich starrte Oscar an.

»Kannst du noch mehr, wovon ich keine Ahnung habe?«, fragte ich.

»Clara, das war doch ein Geheimnis …«

»Ja, okay.«

»Aber dann … als wir die asphaltierte Straße fast erreicht hatten … fing es sozusagen an zu regnen. Nur, dass es kein Regen war, sondern Egel, die aus den Bäumen fielen und gegen die Windschutzscheibe klatschten. Kamikaze-Egel. Das war total krass. Ich konnte kaum mehr sehen, wohin ich fuhr. Ich versuchte, die Scheibenwischer zu benutzen, aber diese Egel waren wohl zu klebrig und zu schwer, sodass am Ende einer der Wischer brach. Ich hatte keine Ahnung, wen ich da überhaupt anrufen sollte, abgesehen von dir. Ich meine, man ruft ja nicht die 112 an und sagt: Entschuldigung, aber ich sitze hier mitten in einem Egel-Sturm … Und außerdem musste ich ja zurückfahren, damit du uns finden konntest. Am Ende war das Auto *komplett* mit Egeln bedeckt. Ich konnte keinen Meter weit sehen. Aber wir haben es hierhergeschafft … und dann kamst du und hast das mit Ilja geregelt.«

»Das war nicht nur Ilja«, sagte ich. »Das war auch Bravita … sie steckte gewissermaßen *in* den Egeln.«

»Du hast *Bravita* fertiggemacht? Die Blutsschwester?«

»Na ja … ich weiß nicht. Ich glaube nicht, dass ich sie … äh … *fertig*gemacht habe. Sie ist ins Leben zurückgekehrt, aber sie hat keinen Körper. Sie nimmt, was sie kriegen kann, und das waren in dem Fall Iljas Egel, aber Egel sind so gesehen zu klein, man braucht zu viele …«

Es war schwer zu erklären, und es wäre auch viel lustiger gewesen, die Arme in die Luft zu recken und zu triumphieren, aber ich konnte einfach *spüren*, dass dies nicht mehr gewesen war als ein kleiner Sieg und sicher nur ein vorübergehender. Genau wie meine Mutter hatte ich Ilja für eine Weile in die Flucht schlagen können und mit ihr auch den Teil der Blutsschwester, der in ihren Egeln wohnen konnte. Aber das war nicht das Ende. Das war *noch lange* nicht das Ende. Ich strich wieder über die Wange meiner Mutter. Sie war jetzt wärmer, und sie hatte sich ein paarmal bewegt. Ich glaube, sie hatte sich überanstrengt, genau wie Nichts, nur schlimmer. Nichts saß auf ihrem Lieblingssessel und nippte an einer Tasse Tee, sofern man das so nennen kann, wenn jemand Tee mit dem Strohhalm trinkt. Sie war nicht mehr so blass, und sie war schrecklich stolz auf sich selbst.

»Ich habe geholfen, Ilja zu verjagen«, sagte sie. »Habe ich doch, oder?«

»Ja, das hast du«, sagte ich. »Ohne dich und Arkus hätte ich es nicht geschafft.«

Arkus richtete sich auf, als ich seinen Namen sagte.

»Das Ei«, sagte er. »Wir müssen Eryas Männchen retten!«

»Ich kann meine Mutter nicht alleine lassen«, entgegnete ich.

»Doch, das kannst du«, sagte sie. Sie lag immer noch mit geschlossenen Augen auf dem Sofa, aber sie war offenbar im Begriff aufzuwachen.

»Mama!«

»Ja, Maus. Einen Moment noch. Ich muss mich nur ... nur ein bisschen ausruhen.«

»Ich würde so gerne auf dich aufpassen, Clara-Maus. Aber mittlerweile bist du eine stärkere und bessere Wildhexe, als ich es je gewesen bin. Wenn ich euch begleiten würde, müsstest du auf mich aufpassen und nicht umgekehrt.«

Mama war immer noch blass, und ihre Augen glänzten mehr als sonst. Aber wenigstens saß sie wieder, auch wenn ihre Hand, die die Teetasse hielt, ein bisschen zitterte. Tumpe lag kleinlaut neben dem Sofa, weil er wohl das Gefühl hatte, seine Pflicht als Wachhund des Hauses versäumt zu haben, aber offenbar hatte der Egelbiss wenigstens keinen ernsthaften Schaden angerichtet.

»Mama …«

»Nein, lass mich ausreden, Clara-Maus.«

Aber sie sagte nichts. Sie trank nur einen Schluck Tee und starrte aus dem Fenster. Dann seufzte sie.

»Was für ein furchtbares Durcheinander«, murmelte sie, so leise, dass ich nicht sicher war, ob ich es hören sollte oder nicht.

»Was ist durcheinander?«, fragte ich.

»Du. Ich. Die Wilde Welt. Ich habe mich geirrt. Ich dachte, ich könnte dich von alldem fernhalten, damit du in Sicherheit bist. Damit du in Frieden aufwachsen und einfach ein ganz normales, nettes Mädchen sein kannst, mit einer friedlichen normalen Kindheit. Aber … nach allem, was inzwischen geschehen ist … Das Wilde dringt überall ein. Der Vogelsturm und umgestürzte Masten, der Egel-Regen … Es *ist* keine friedliche und normale Welt mehr. Ich konnte es sehen … Als ich Lias Mutter gegenüberstand, konnte ich es sehen. Es wird keinen Frieden mehr geben, bis wir den Kampf gewonnen haben. Isa hatte recht. Ich hätte ihr erlauben müssen, dich auszubilden. Aber jetzt sieht es ganz so aus, als hättest du das selbst übernommen. Mein Mäuschen, ich habe schreckliche Angst. Aber ich bin auch superstolz auf dich.«

Ich saß ganz still am Fußende des Sofas und spürte ein warmes Gefühl, dass sich von meinem Brustkorb über den ganzen Körper ausbreitete. Mir fehlten die Worte, aber ich hatte das Gefühl, als könnte ich hundert Meter in null Sekunden rennen oder einen Elefanten hochheben. Als könnte ich *alles*. Nur weil meine Mutter gesagt hatte, dass sie stolz auf mich war.

Das klingt jetzt vielleicht so, als hätte meine Mutter mich sonst nie gelobt, aber das stimmt nicht. Es war nur immer so ein … Erwachsenenlob. Wie zum Beispiel, wenn Erwachsene sagen, dass ein Bild »schön« ist, obwohl sie nicht einmal erkennen, dass es ein Pferd darstellen soll. Sie loben, um einen aufzumuntern, nicht weil sie einen wirklich toll finden. Manchmal wünschte ich, sie wären einfach ehrlich. »Nein, ich kann nicht sehen, dass es ein Pferd ist, aber die Farben mag ich wirklich gerne.« Das wäre mehr wert, finde ich. Das andere wirkt ja doch nicht ernst gemeint, wenn man nicht mehr so klein ist, dass man alles glaubt, was Erwachsene sagen.

»Wir müssen Kahla finden«, sagte ich schließlich. »Wenn wir das letzte Rabenei nicht retten können …«

»Ja«, sagte Mama. »Das verstehe ich. Ich bin ja doch trotz allem in einer Wildhexenfamilie aufgewachsen. Ich weiß sehr gut, wie wichtig die Rabenmütter sind. Und Isa …« Ihre Stimme wurde ein wenig unsicher, und sie musste sich räuspern. »Ich weiß auch, dass es Isas einzige Chance ist. Ich habe sie im Stich gelassen. Nicht nur dich, sondern auch meine eigene Schwester. Weil ich so wütend war, weil ich dachte, sie würde dich mir wegnehmen … und dein Leben in Gefahr bringen.«

»Sie hat versucht, mich zu retten, Mama!«

»Ja. Das ist mir doch klar. Es ist nur so schwer, es zuzulassen, wenn es um das eigene *Kind* geht. Schau dir nur Ilja an. Es ist zwanzig Jahre her, und sie ist immer noch davon überzeugt, dass ich … dass ich Lia umgebracht habe. Sie weiß, dass es der Puma war, aber sie denkt immer noch, es wäre meine Schuld gewesen. Die arme Ilja.«

»Die Arme! Mama, sie würde dich und mich umbringen, wenn sie die Möglichkeit dazu hätte! Sie hat die Blutsschwester befreit, nur um ihre Rache zu bekommen!«

»Ich weiß. Aber sie ist trotzdem arm. Und ich will nicht sein wie sie. Alles, was ich jetzt noch tun kann, um dir zu helfen – dir und Isa –, das werde ich tun. Ich kann dich nicht begleiten, auch wenn ich nichts lieber machen würde als das. Aber ich kann wenigstens dafür sorgen, dass es immer ein Zuhause gibt, in das ihr zurückkehren könnt.«

»Mama, du kannst dich nicht mal auf den Beinen halten.«

»Ach, so ein Quatsch.« Sie schlug die Decke beiseite und stand auf. »Tadaah!«, sagte sie und breitete die Arme aus, als wäre es eine Zirkusnummer. Aber dann setzte sie sich sehr schnell wieder hin. »Ich bin nur müde. Das geht vorbei.«

»Aber was ist, wenn Ilja zurückkommt ...«

»Es gibt ein paar Dinge, die ich tun kann, um Isas Wildhag zu sichern. Isa hat zwar die Steine schon gesetzt, aber weil sie ... weil sie im Augenblick nicht hier ist, wirkt der Wildhag nicht. Ich werde mich darum kümmern. Und dann wird es sogar Ilja schwerfallen, hier einzudringen.«

Ich wusste natürlich, dass das Haus unter Tante Isas Schutz stand, zumindest war es bisher so gewesen. Das war einer der Gründe, warum Mama mich das erste Mal hierhergebracht hatte. Das Haus, der Hügel dahinter, das Feld und der Weg zur Brücke. Das war Tante Isas Wildhag.

»Vergiss nicht, Stjerne und die Ziegen zu füttern«, sagte ich. »Und Tumpe. Und die Meisen. Und ...«

»Ja«, sagte sie. »Ich vergesse niemanden. Komm her.« Ich kroch näher, ohne vom Sofa aufzustehen, und sie nahm mich ganz fest und lange in den Arm.

»Pass auf dich auf«, sagte sie. »Das ist ein Befehl. Verstanden?«

Ich nickte.

»Ich bin ja nicht alleine«, sagte ich, so ein bisschen zum Trost. Nichts, Arkus, Oscar und ich. Plus ein Rabenküken, eine Siebenschläfermaus und ein kleiner Kater. Vielleicht nicht gerade ein stattliches Heer, aber … viel besser als nichts.

»Wir passen gegenseitig auf uns auf«, versprach ich.

12 HARFENMUSIK UND NASSE HOSEN

Ich schaute tief in die orangen Eulenaugen. In der einen Hand hielt ich eine tote Maus, die ich aus Tante Isas Kühltruhe geholt hatte. Auf der anderen saß Tu-Tu und musterte mich misstrauisch.

»Leckere Maus«, sagte ich. »Üppig, zart, fast wie frisch gefangen … und sie ist nur für dich!« Ich hielt sie am Schwanz und ließ sie vor dem Eulenschnabel baumeln.

Tu-Tu betrachtete die Maus. Dann sah er mich an. Sein Blick war immer noch genauso misstrauisch.

»Du musst uns nur bei einer Sache helfen«, schmeichelte ich. »Bei einer einfachen Kleinigkeit … nicht schwieriger, als sich selbst im Nacken zu kratzen.« Konnten Eulen sich überhaupt im Nacken kratzen? Wehe, wenn nicht. Zumindest konnten sie den Kopf fast einmal um die eigene Achse drehen, als wäre der Hals kein Hals, sondern eine Art Töpferscheibe.

Arkus schaute mich an, als wäre ich nicht ganz dicht.

»Wieso zeigst du ihm nicht einfach, was du von ihm willst?«, fragte er.

»Öhhh … man könnte sagen, ich habe meine eigene Art, bestimmte Sachen zu machen«, antwortete ich. »Und bei mir klappt es einfach am besten, wenn ich laut ausspreche, was ich will.«

Er sah nicht ganz überzeugt aus, aber er sagte nichts mehr.

»Wenn du uns den Weg zu Kahlas Zuhause zeigst …«, lockte ich, »dann gehört diese köstliche Maus dir. Keine Extrakosten oder versteckten Gebühren, einfach so, vollkommen gratis.«

»Das klingt, als wolltest du ihm ein Zeitungsabonnement andrehen«, sagte Oscar.

»Musst du dich jetzt auch noch einmischen? Bist du hier die Wildhexe oder ich?«

»Du«, entgegnete Oscar. »Und das ist auch besser so, weil ich fürchte, wenn du davon leben müsstest, irgendwas am Telefon zu verkaufen, würdest du verhungern.«

Tu-Tu breitete die Flügel aus und spreizte sie. Dann schoss sein Schnabel vor und riss mir die Maus aus der Hand. Glurp, glurp. Ein paar Sekunden später hatte er sie verschluckt, mit Haut und Haar, Knochen und allem Drum und Dran.

»Äh, schön«, sagte ich, als wäre es so geplant gewesen – wobei ich mir eigentlich vorgestellt hatte, dass er die Maus erst bekommen würde, *nachdem* er getan hatte, worum ich ihn bat. »Also los, Tu-Tu. Zeig uns den Weg. Aber denk daran, dass wir nicht fliegen können!«

Er flog von meiner Hand auf. Was mache ich, wenn er jetzt einfach in der Ferne verschwindet? Aber das tat er nicht. Er landete in einer Fichte am Wegrand, genau auf der anderen Seite des Bachs. Und es war deutlich zu erkennen, dass er darauf wartete, dass wir ihm folgten.

»Es klappt!«, rief ich aus und konnte die Überraschung in meiner Stimme nicht verbergen. »Kommt. Los. Er wartet auf uns!«

Eilig liefen wir hinunter zum Bach. Keiner von uns wusste, wie lange er warten würde – Eulen sind nicht gerade geduldig, wenn es um Menschentempo und Menschenbeine geht. Ich drehte mich nur kurz um und winkte Mama. Sie stand am Fenster und bemühte sich sehr zu lächeln, obwohl sie innerlich Todesängste litt, das wusste ich. Zum ersten Mal konnte ich wirklich nachvollziehen, wie es ihr ging, weil ich genauso Angst hatte – um sie. Was war, wenn Ilja zurückkam? Mama konnte sich auf den Beinen halten, aber viel mehr auch nicht. Es hatte sie alle Kraft gekostet, Ilja in die Flucht zu schlagen. Es mochte ja sein, dass sie in einer Wildhexenfamilie aufgewachsen war, aber sie hatte ihre Kräfte über zwanzig Jahre lang nicht mehr benutzt und war tatsächlich noch untrainierter als ich.

Arkus' Nebelpfad formte sich vor unseren Füßen, sobald wir die Brücke überquert hatten. Wir hatten darüber diskutiert, als wir unsere Pläne machten, und wir hatten entschieden, dass der Nebelpfad für uns sicherer war. Einerseits weil sich keiner von uns besonders gut auf den Wilden Wegen zurechtfand, andererseits weil sich die Wilden Wege – offenbar genau wie die Autobahnen und Landstraßen – seltsam verhielten und noch gefährlicher waren als ohnehin schon. Außerdem war es einfacher, Tu-Tu zu folgen, wenn es Bäume gab, auf die er sich setzen konnte. Und auf den Wilden Wegen gab es keine Bäume, nur Nebel.

Ich konnte nicht sicher sein, dass Kahla auf dem Weg nach Hause war. Es war geraten. Aber wo sonst hätte sie hingehen sollen? Auf jeden Fall war ich mir ziemlich sicher, dass sie auf dem Weg nach Süden war, als wir sie im Steinkreis fast gefangen hätten. *Blut aus dem Süden, Feindesblut* … Wie konntest du so etwas tun, Kahla?

Der Wald glitt auf dieselbe seltsam beschleunigte Weise an uns vorüber wie in der Nacht zuvor. Im Tageslicht war es nur … noch schwindelerregender. Als würde alles im Zeitraffer vorbeiziehen. Eine Birke in der Ferne – ssssjjummm, eine Birke direkt am Weg. Sonnenlicht irgendwo zwischen den Bäumen – ssssjjj-jummmm, wir standen mitten auf einer Lichtung. Nebelspuren schlängelten sich vorwärts, als wären sie lebendig, und wir folgten Tu-Tus lautlosem Vogelflug durch den Wald, über Wiesen, auf denen ein paar verblüffte Kühe standen, an einem Dorf vorbei, über ein Gewässer –

Gewässer?

»Kommt schon«, sagte Arkus. »Es ist dumm, stehen zu bleiben. Man kann durchfallen.«

Ich schaute auf meine Füße. Sie sanken tiefer und tiefer in den Nebel ein, und unter mir war nichts anderes als See und Schilf. Ich verlor total die Konzentration.

Platsch.

Das Wasser war tief genug, um komplett darin zu versinken. Mit Rucksack und allem. Katerchen befreite sich im letzten Moment aus meinem Pulli, und Nichts flatterte mit den Flügeln, so gut sie es eben gelernt hatte, und flog auf. Das Seewasser strömte mir in Nase und Mund und schmeckte ziemlich eklig nach modrigen Wasserpflanzen. Vor lauter Schreck verschluckte ich einen ganzen Mundvoll davon – und wahrscheinlich gleich ein paar Kaulquappen und andere kleine Wassertiere dazu. Ich kämpfte mich an die Oberfläche zurück und blinzelte mir das Wasser aus den Augen. Ich war nicht weit vom Ufer entfernt, zum Glück, und schwamm paddelnd wie ein Hund durch das Schilf und kletterte an Land.

Die anderen kamen zu mir zurück. Keiner von ihnen hatte auch nur nasse Strümpfe bekommen. Nicht einmal Oscar. Nur ich war pitsch-trief-klatschnass.

»Ich konnte doch nicht ahnen, dass wir über Wasser gehen würden«, motzte ich.

»Sind wir ja gar nicht«, sagte Arkus mit seiner Kinderlogik. »Wir waren doch auf dem Nebelpfad.«

»Na ja, jedenfalls manche von uns«, fügte Oscar hinzu und konnte sich das Grinsen nur schwer verkneifen.

Aber es war nicht nur ein bisschen peinlich oder lustig, je nachdem, ob man derjenige war, der reingefallen war, oder der, der einen damit aufziehen konnte. Es war vor allem wahnsinnig unpraktisch und ein bisschen gefährlich. Alle meine Kleider waren nass. Zum Glück hatten wir den Großteil der Sachen, die in meinem Rucksack verstaut waren, in Plastiktüten gepackt. Unter anderem einen warmen Pulli, auf den meine Mutter bestanden hatte, ein paar frische Unterhosen und Wechselsocken. Aber keine trockene Hose. Wenn wir einfach weitergingen, würde mir kalt werden. Sehr schnell sehr kalt. Und das Letzte, was ich jetzt gebrauchen konnte, war, krank zu werden. Außerdem hatte ich das Gefühl, dass mein verletzter Arm plötzlich wieder mehr wehtat. Ich wusste nicht, ob es daran lag, dass ich unter Wasser damit so gerudert hatte, oder ob die Kälte schuld war.

»Kannst du nicht irgendeine Hokus-Pokus-Nummer, mit der man die Sachen in drei Sekunden trocken bekommt?«, fragte Oscar.

»Ich bin Wildhexe«, sagte ich. »Kein Zauberkünstler. Wie sollte das gehen?«

»Keine Ahnung. Ich bin keine Hexe.«

Ich hatte mir eine Decke um die Beine gewickelt und versuchte mit der anderen, meine Haare zu trocknen, aber unsere Decken waren aus Wolle und saugten das Wasser nicht so richtig auf. Glücklicherweise schien die Sonne, und obwohl es jetzt nicht unbedingt glühend heiß war, herrschte hier wenigstens kein Winter mehr.

»Ein Lagerfeuer«, sagte ich. »Oder einen Wäschetrockner. Wenn wir einen finden.«

»Wäschetrockner«, entschied Oscar. »Damit geht's schneller.«

Schließlich gingen wir zu einem der Häuser zurück, an denen wir kurz zuvor vorbeigekommen waren. Es war klein, weiß verputzt, mit roten Dachziegeln, und im Vorgarten standen Apfelbäume. Oscar und ich ließen Nichts und Arkus versteckt hinter einem Brennholzstapel zurück, gingen zur Haustür und klopften an.

»Es ist mitten am Tag«, sagte Oscar. »Da ist garantiert niemand zu Hause.«

Aber es war jemand da. Ich hörte Musik und einen bellenden Hund. Ich klopfte noch einmal, dieses Mal ein bisschen lauter. Der Türklopfer war ein Hufeisen aus Messing.

Schließlich wurde die Tür geöffnet. Im Flur stand ein langbeiniges blondes Mädchen mit Krücken.

»Tessa, *sitz*!«, sagte sie zu einem großen wuscheligen Hund, der versuchte, sich an ihr vorbeizuquetschen, um den Besuch zu begrüßen.

»Entschuldigt, dass es ein bisschen gedauert hat, aber ich komme mit den Dingern noch nicht so richtig klar.« Sie wedelte mit einer der Krücken.

»Was ist mit deinem Bein?«, fragte ich, weil sie so ein graues Plastikding um den einen Fuß hatte.

»Sehne«, sagte sie nur, als würde das alles erklären. »Und was ist mit dir passiert?«

»Äh … ich bin in den See gefallen«, antwortete ich. »Deshalb sind wir gekommen … ich wollte fragen, ob ihr vielleicht einen Wäschetrockner habt?«

»Ja«, sagte sie und lächelte. Sehr freundlich und ohne sich über mich lustig zu machen. Fast. »Kommt rein.«

Während meine Hose und mein T-Shirt in der Waschküche ihre Runden im Trockner drehten, durften wir uns an den Esstisch setzen.

»Ich wollte mir gerade was zu essen machen«, sagte das Mädchen, das, wie sich herausstellte, Sarah hieß. »Habt ihr Hunger?«

»Ein bisschen«, sagte ich höflich.

»Und *wie*«, sagte Oscar, etwas ehrlicher.

Kurz darauf saßen wir da und mümmelten Salamibrote, und wenn man Arkus und Nichts draußen hinter dem Brennholzstapel sowie Kahla und das letzte Rabenei außer Acht ließ, dann fühlte es sich fast an, als wären wir an einem ganz normalen Tag bei einer ganz normalen Freundin zu Besuch. Sarah war zwar ein bisschen älter, als ich zunächst angenommen hatte – wie sich herausstellte, war sie zweiundzwanzig und arbeitete auf einem Reiterhof in der Nähe. »Also, wenn ich nicht gerade mit denen hier durch die Gegend humpele«, sagte sie und gab einer Krücke einen kleinen Schubs, sodass sie gefährlich nah daran war umzukippen. Aber man konnte sich gut mit Sarah unterhalten, und der Hund war aus purer Freundlichkeit im Begriff, Oscar auf den Schoß zu klettern. Wobei es vielleicht auch daran lag, dass er den kleinen Eisenherz riechen konnte, der es sich in Oscars Hemdtasche gemütlich gemacht hatte und sich bemühte, nicht gesehen zu werden.

»Tessa, *sitz*!«

Widerwillig senkte der schwarze Hund seinen wolligen Hintern, bis er offiziell den Boden berührte, aber sein Kopf und der Großteil seines Vorderkörpers lagen immer noch auf Oscars Schoß.

Sarah schnitt eine Grimasse.

»Sie ist eben einfach ein Riesenbaby«, erklärte sie. »Ich *versuche*, sie zu erziehen, aber …«

»Das macht nichts«, sagte Oscar und kraulte Tessa hinterm Ohr. »Ich habe selbst einen Hund. Was ist das für Musik, die wir hören?«

Es war keine gewöhnliche Popmusik, es ging eher in Richtung Folk, irgendetwas mit einer Art Harfe, glaube ich, und eine Frau sang. Sogar ich konnte hören, dass es etwas Besonderes war.

»Die Gruppe heißt Carmelia«, erklärte das Mädchen. »Gefällt es dir?«

Oscar nickte. »Das ist total klasse«, sagte er. »Es klingt ziemlich nach … Fantasy, findest du nicht?«

»Du meinst wahrscheinlich altmodisch«, sagte Sarah lachend. »Hat nicht so viel mit E-Bass und Beatbox zu tun, was?«

»Nein«, gab Oscar zu, der sonst eher für Hip-Hop und Death-Metal zu haben war. »Aber da ist noch irgendwas anderes … fast ein bisschen magisch, oder nicht?«

Ein Strahlen breitete sich auf Sarahs Gesicht aus.

»Haargenau das finde ich auch«, sagte sie. »Hast du ein Handy?«

»Ja.«

»Es gibt ein paar Stücke im Internet, die man sich runterladen kann. Warte kurz.«

Sie hüpfte auf einem Bein in ihr Zimmer und holte einen alten zerkratzten Laptop. Sie war offenbar nicht geduldig genug, um die Krücken zu benutzen.

»Schau«, sagte sie. »Hier ist die Homepage …«

Als sie uns die Seite zeigte, stellte ich fest, dass ich von der Band tatsächlich schon einmal was gehört hatte. Ich hatte nur nicht so genau darauf geachtet, weil die Bandmitglieder alle ungefähr im Alter meiner Mutter waren. Um ehrlich zu sein, war die Musik das, was die nervige Josefine K. aus meiner Klasse gerne als Rentnermusik bezeichnete. Aber Oscar war offensichtlich so begeistert davon, dass er fast vergaß, dass wir eigentlich auf geheimer Eil-Mission waren, um die Welt zu retten, und dass das Einzige, worauf wir noch warteten, eine trockene Jeans für mich war. Ich glaube, er fand auch Sarah ziemlich süß, obwohl sie mit ihren zweiundzwanzig *viel* zu alt für ihn war.

»Ich denke, meine Hose ist jetzt trocken«, sagte ich.

»Der Trockner hat noch nicht gepiept«, entgegnete Sarah.

»Nein, aber ... wir haben es leider ein bisschen eilig.«

Oscar nickte widerwillig.

»Das stimmt«, sagte er. Aber dann nahm er sich trotzdem die Zeit, sich zwei Carmelia-Songs auf das Handy zu laden, während ich meine nicht ganz trockene Hose aus dem Trockner holte und anzog.

»Danke!«, rief er, als wir endlich auf dem Weg aus der Tür waren. »Super Musik!«

Sarah lächelte, winkte und machte schnell die Tür zu, bevor Tessa hinter uns herwitschen konnte.

»Wieso hat das so lange gedauert?«, fragte Nichts. »Arkus hat sich richtig Sorgen gemacht!«

»Oscar musste noch über Musik fachsimpeln«, sagte ich, obwohl das ein bisschen ungerecht war. Meine Jeans waren immer noch ein wenig feucht an den Nähten, also waren wir keine Minute länger als unbedingt nötig dortgeblieben.

Tu-Tu blinzelte und sah mich an, als wäre ich eine Maus, die er gerne verschlingen würde. Aber wenigstens war er nicht ohne mich weitergeflogen.

»Wir haben aber wirklich nicht viel Zeit«, mahnte Arkus. »Es dauert nicht mehr lange, bis der letzte Rabe schlüpfen muss. Erya sagt, dass er richtig ungeduldig ist.«

»Wäre das denn so schlimm?«, fragte ich. »Dann wäre Kahla gezwungen, ihr Tempo ein bisschen zu drosseln. Es ist viel mühsamer, mit einem Küken zu reisen als mit einem Ei.«

»Findest du Erya mühsam?«, fragte Arkus und sah geknickt aus.

»Neiiiin, natürlich nicht … nicht direkt. Aber sie braucht ziemlich oft Essen, nicht wahr?«

»Ich habe sie gerade gefüttert«, sagte er, zur Verteidigung bereit.

»Ja«, sagte ich. »So habe ich es nicht gemeint. Ich dachte nur …«

»Was ist, wenn Kahla gar nicht weiß, wie man sich um ein Rabenküken kümmert?«, fragte er.

»Sie ist eine Wildhexe.«

»Und eine Eiermörderin. Wir wissen doch gar nicht, was sie mit dem Ei will – oder mit dem Küken.«

Das war richtig. In meinen Gedanken war sie immer noch die Kahla, die ich kannte – die, die einem Tier niemals mit Absicht wehtun würde. Aber das war nicht dieselbe Kahla, die die Eier zertreten hatte, die dem Katerchen einen elektrischen Schlag verpasst hatte – und mir auch. Die gesagt hatte, sie wäre nicht mehr mein Freund.

Ich wusste nicht, was diese Kahla mit einem verletzlichen, frisch geschlüpften Rabenküken anstellen konnte.

»Wir sollten uns lieber beeilen«, sagte ich und setzte den Rucksack wieder auf.

13 SCHLANGENKUNST

Gegen Abend waren wir da. Oder zumindest fast. Wir waren so nah, dass wir *sehen* konnten, wo Kahla und ihr Vater wohnten.

Wir standen an einem Strand. Sogar jetzt, in der Abenddämmerung, war es hier noch richtig heiß. Die Hitze flimmerte über dem groben gelben Sand der kleinen Bucht, in der wir haltgemacht hatten. Unter den wahnsinnig grünen Pflanzen, die hinter uns über den Dünenrand wucherten, waren eine ganze Menge Palmen. Riesengroße blaue Schmetterlinge flatterten vorbei, und auf einem flachen Felsen lag eine Eidechse von der Größe eines kleinen Dinosauriers. Nachdenklich betrachtete Tu-Tu die schlafende Echse, aber dann beschloss er wohl, dass sie ein bisschen zu groß war, um sie mit einem Happs herunterzuschlingen.

»Da ist es«, sagte Arkus und zeigte auf das Wasser.

Einige Hundert Meter vor der Küste lag eine Insel. Sie ragte aus dem saphirblauen Wasser auf wie ein flacher Hut, ein schwarzgrüner Hut mit weißer Krempe. Das Weiße war der Sandstrand, das Schwarze und Grüne steile Klippen und Schluchten voll Regenwaldpflanzen und Bäumen. Ein Schwarm leuchtend bunter Papageien stieg wie kleine Juwelen aus einer der Schluchten auf, drehte einen Bogen über dem Wasser und kehrte dann in die Bäume zurück.

Ich rieb mir die müden Augen. Wir waren den ganzen Tag auf dem Nebelpfad gewandert, nur unterbrochen von Eryas Fütterungspausen. In der Nacht davor hatte ich buchstäblich kein Auge zugemacht. Vielleicht war das der Grund, warum ich beim Anblick der glänzenden Wellen nicht an einen Ferienkatalog denken konnte, sondern nur an ein unüberwindbares Hindernis.

»Wieso muss sie denn ausgerechnet auf einer Insel wohnen?«, fragte ich.

Oscar sah sich neugieriger um als ich – aber er hatte letzte Nacht ja auch geschlafen.

»Das ist doch wie auf der *Schatzinsel* hier«, sagte er. »Und wir sind hierher *gelaufen*!«

Er hatte recht, das war ziemlich unglaublich. Gewissermaßen sogar *noch* unglaublicher, als wenn wir auf normale Wildhexenart über die Wilden Wege gekommen wären. Mit den Wilden Wegen war es ähnlich wie beim Fliegen – man sah nicht, woran man vorbeikam, um einen herum war nur der graue Nebel, und wenn man am anderen Ende heraustrat, war man an einem ganz anderen Ort. Man konnte auch bei Schneetreiben in ein Flugzeug ein- und bei Badewetter und Palmen-Sonnenschein wieder aussteigen, daran war eigentlich nichts besonders Bemerkenswertes. Aber an Häusern vorbeizulaufen, an Bergen und Bäumen, durch Wüsten, Sümpfe und am Wasser entlang – an manchen Stellen sogar über Wasser, wobei sich Arkus nach der Sache mit mir und meinen nassen Hosen so weit wie möglich an den Landweg gehalten hatte –, das alles zu sehen, zu riechen, den Temperaturwechsel zu spüren, mitzubekommen, wie sich die Farben veränderten … und dann trotzdem aus einem kühlen Frühjahr kommend *hier* zu landen, zu Fuß, an einem einzigen

Tag – das fühlte sich wirklich magisch und fantastisch an. Und das war es natürlich auch.

Arkus hatte sich schwer in den Sand fallen lassen. Er war so müde, dass er kaum mehr den Kopf hochhalten konnte – immer wieder kippte er nach vorn, als wäre er zu schwer für den dünnen Hals. Ich setzte mich neben ihn.

»Das hast du unglaublich gut gemacht«, sagte ich. »Du hast uns die ganze Zeit auf dem Pfad gehalten.«

Er entgegnete nichts. Er saß nur da, hielt Erya fest und streichelte ihre flaumigen Nackenfedern mit einem vorsichtigen Zeigefinger.

»Erya ist der vorletzte Rabenkessel-Rabe der Welt«, sagte er. »Ich will nicht, dass sie der letzte wird.«

»Das wird sie nicht«, versicherte ich. »Sobald wir uns ein bisschen ausgeruht haben, finden wir einen Weg über dieses Wasser da. Mit oder ohne Nebelpfad.«

Er kippte einfach um – halb zu Seite, halb nach vorn. Erya stieß ein bekümmertes leises Kraaaah aus, aber er war nur eingeschlafen.

»Wollen wir ein Feuer machen?«, fragte ich Oscar. »Oder ist das zu gefährlich?«

»Findest du nicht, dass es auch so schon warm genug ist?«, fragte er. »Und falls du an Licht gedacht hast – wir haben eine Laterne.«

Es endete damit, dass wir etwas von den Vorräten aßen, die ich noch im Rucksack hatte, und den letzten Rest unseres Plastikflaschenwassers tranken. Ich stellte eine der Kerzen in die Marmeladenglaslaterne – wir hatten auch eine kleine Taschenlampe, die ich aus Tante Isas Sicherungskasten gemopst hatte, aber die leuchtete nicht besonders hell, und ich wollte die Batterien lieber schonen. Ich schickte Mama eine schnelle SMS. »Wir sind da und uns geht's gut. Kuss Clara.« Das war nicht die beste oder ausführlichste Nachricht der Welt, aber mehr fiel mir im Augenblick nicht ein.

»Oscar?«

»Ja?«

»Ich bin so froh, dass du hier bist. Aber … müsstest du nicht eigentlich nach Hause zu deiner Mutter?«

Er dachte kurz darüber nach.

»Ich glaube, ich bin genau da, wo ich sein soll«, sagte er. »Es fühlt sich … richtig an.«

Dann schlief ich ruhig ein. Ich hörte die Wellen an den Strand schwappen. Der Regenwald hinter uns war wahnsinnig laut – Insekten, Vögel, Affen und so. Wenn ich mit meinem Wildsinn lauschte, war dort derart viel Leben, dass es geradezu ohrenbetäubend war. Aber ich war so müde, dass mich nicht einmal ein ganzer Chor Brüllaffen hätte wachhalten können.

Als ich aufwachte, konnte ich mich nicht bewegen. Ich lag nicht mehr im Sand unter Palmen, sondern auf einem Untergrund, der knarrend auf und ab schaukelte.

Ein Boot. Ich war auf einem Boot. Und jemand hatte mich gefesselt. Oder zumindest glaubte ich das, bis mir aufging, dass die »Seile« um meine Knöchel, Handgelenke und meinen Hals lebendig waren.

Es waren Schlangen. Sobald ich versuchte, mich zu bewegen, riss eine von ihnen ihr Maul auf und zischte mich an, ungefähr fünfzehn Zentimeter von meinem Gesicht entfernt.

»Am besten bleibst du ganz still liegen«, sagte Kahla.

Mühsam drehte ich meinen Kopf ein kleines Stück. Sie saß

auf dem Vordersteven eines Boots, das vermutlich ein großes Ruderboot war. Und die Ruderer waren Affen. Graue, langarmige Affen mit einer Menge Fell, das ein ernstes schwarzes Gesicht umrahmte, mit ziemlich gelben Zähnen und kleinen, glänzenden dunklen Augen, die mich intensiv betrachteten.

Aber im Augenblick interessierten mich die Affen nicht so sehr, auch wenn es entweder sehr ausgereifte Trainingsmethoden oder wirklich hervorragende Wildhexenkräfte erforderte, um ihnen beizubringen, so im Takt zu rudern, wie sie es gerade taten.

»Kahla«, sagte ich vorsichtig. »Könntest du die Schlangen vielleicht bitten, mich in Ruhe zu lassen?«

»Nein«, sagte sie nur.

Es kam keine Erklärung, keine Entschuldigung. Wie sie so auf ihrem plüschig gepolsterten Sitz im Bug des Schiffs saß, erinnerte sie eher an eine Prinzessin als an eine Wildhexe. Sie trug ein rosa-goldenes Seidenkleid und hatte sich ein langes geblümtes Tuch locker über die Haare gelegt. Um ihr schlankes Handgelenk hingen mindestens zehn goldene Armreife. Sie sah fremd und märchenhaft aus, aber ihre Augen waren traurig, und sie zupfte unentwegt an ihrem Schmuck, als wollte sie ihn am liebsten loswerden.

Es war immer noch so warm, dass ich Schweißperlen auf der Haut hatte. Der Himmel über uns war pechschwarz und übersät mit Sternen, die Geräusche aus dem Regenwald waren nur noch leise zu hören. Die Wellen hoben das Boot sanft, aber steil nach oben, und jedes Mal wenn wir ins Wellental fielen, kribbelte es in meinem Magen.

»Oscar?«, flüsterte ich.

»Er schläft noch«, sagte Kahla. »Arkus auch. Und die Tiere. Ich habe nur dich geweckt.«

»Geweckt?« Ich hatte geglaubt, ich wäre von alleine wach geworden.

»Was hast du denn gedacht?«, fragte sie. »Dass du einfach in den Wildhag meines Vaters marschieren kannst, ohne dass ich es merke?«

»Aber …«

»Wieso bist du nicht zu Hause geblieben?«, fragte sie. »Wieso musstest du mir unbedingt folgen?«

»Weil du ein Ei gestohlen hast!«

Den letzten Raben, dachte ich. Wenn Erya keinen Partner bekam, war es aus mit den Kräften der Rabenmütter.

»Wie hast du uns ins Boot bekommen … wie konntest du das alles schaffen, ohne dass wir davon aufgewacht sind?«

»Das hier ist *mein* Garten«, sagte sie. »Ich kenne jedes Tier, vom kleinsten Insekt bis zum größten Hai im Wasser. Ach so, übrigens, hier gibt es Haie. Pass also auf, dass du nicht über Bord gehst. Und ihr legt euch einfach hin und pennt, auf *meinem* Strand. Nicht mal einen Wachposten habt ihr aufgestellt. Hast du wirklich geglaubt, ich würde euch nicht entdecken?«

Das war dumm, dachte ich. Aber wir waren so müde gewesen. Man wird dumm, wenn man so müde ist.

»Es ist ganz einfach«, erklärte Kahla. »Es gibt eine Stelle unter dem Kinn. Man drückt ganz leicht dagegen und sagt ›Schlaf!‹. Und dann schläft derjenige … ganz egal was passiert.«

»Hypnose?«, fragte ich. »Ist es das, was du meinst?« Ich hatte mal eine Zaubershow gesehen, wo ein Hypnotiseur so etwas gemacht hatte. Bloß im Nacken. Er hatte eine Menge Leute auf die Bühne geholt, und als er auf ihre Nacken drückte und »Schlaf!« sagte, kippten ihre Köpfe nach vorn, als wären sie Puppen. Ich fand das damals ein wenig unheimlich, als wären sie nicht mehr richtig lebendig und nicht mehr sie selbst. Aber wo hatte Kahla gelernt, jemanden zu hypnotisieren?

»Von mir aus nenn es so«, sagte sie. »Es ist egal, wie es heißt, solange es funktioniert.«

Wieder hob und senkte sich das Boot. Ich merkte, wie sich die Schlange um meinen Hals ein wenig bewegte. Ihre Schuppen fühlten sich noppig und trotzdem glatt an, und ich konnte die Muskeln unter ihrer Haut fühlen. Der Schlangenkörper war warm und trocken, überhaupt nicht kalt oder schleimig, wie man vielleicht glauben könnte. Ich schloss die Augen für einen Moment und suchte mit meinem Wildsinn nach ihrer Lebenskraft. Da. Ein Puls, der, jetzt wo ich still lag, langsam und entspannt schlug. Ein Kriechtier, das eigentlich nichts anderes wollte als Wärme und Schlaf.

Schlaf nur, dachte ich. Lockere deinen Griff. Entspanne dich …

Das Atmen wurde leichter. Der Schlangenkörper rutschte zur Seite, in meine Achselhöhle, wo es aus Sicht einer Schlange warm und angenehm war. Aber Kahla bemerkte es.

»Hör sofort damit auf, Clara!«, rief sie, und ein Ruck fuhr durch das Tier. Die Muskeln der Schlange strafften sich, sie zischelte wieder, wach und auf der Hut. »Oder bildest du dir etwa ein, du wärst eine bessere Wildhexe als ich? Glaubst du, du könntest unbemerkt das Kommando über *meine* Schlangen übernehmen?«

Nein, ich war ganz bestimmt keine bessere Wildhexe als Kahla.

»Was willst du?«, fragte ich.

»Meinen Vater zurück«, sagte sie. »Ist das so schwer zu verstehen?«

Ich dachte an Tante Isa und an den schrecklichen Augenblick, in dem ich dachte, meine Mutter wäre auch zur Statue geworden.

»Nein«, antwortete ich. »Aber ich kapiere einfach nicht, warum du denkst, du müsstest … sämtliche Eier der Rabenmütter zerschlagen und den letzten Raben stehlen. Wozu soll das gut sein? Wo es doch gerade die Raben sind, die den Zeitknoten für uns lösen könnten.«

»Nur wenn man alles glaubt, was die alten Federhexen versuchen, einem einzureden«, entgegnete Kahla. »Ich habe dir doch schon gesagt: Sie denken nur an sich und ihre eigene Macht. Wir sind ihnen egal. Mein Vater ist ihnen egal.«

»Wie kannst du so etwas glauben?«

»Ich konnte es doch sehen. Und … und ich wusste es eigentlich auch vorher schon.«

»Woher? Das ist sicher nichts, was Tante Isa dir beigebracht hat.«

Sie zuckte zusammen, als ich den Namen meiner Tante erwähnte. Mit kleinen hektischen Bewegungen drehte sie an ihren goldenen Armreifen.

»Isa weiß auch nicht alles«, sagte sie.

»Das hat sie ja wohl auch nie behauptet. Aber wenigstens weiß sie, dass man Menschen und Tieren keine elektrischen Schläge verpasst, keine ungeschlüpften Vogelküken ermordet und Leute nicht gegen ihren Willen hypnotisiert. Kahla, was ist denn nur mit dir los? Von wem hast du das alles gelernt?«

Sie gab mir keine Antwort, sondern beugte sich nur hastig vor und berührte meinen Hals, genau dort, wo die Schlange ihn umschloss.

»Schlaf!«, sagte sie.

14 LAMIA

Als ich das nächste Mal zu mir kam, war ich nicht mehr auf dem Boot. Ich machte die Augen auf, und das Erste, was ich sah, war ein fleckiges jadegrünes Seidenkissen. Die Flecken hatte es, weil ich im Schlaf gesabbert hatte. Wirklich sehr charmant, aber wenn man seine Gäste gegen ihren Willen zum Schlafen zwang, musste man eben mit so etwas rechnen.

Mein Kopf fühlte sich wie eines dieser Rasseldinger an, die in der südamerikanischen Musik verwendet werden – Maracas, so heißen sie. Es kam mir so vor, als wäre in ihm alles komplett durcheinandergeschüttelt worden, sodass ich nicht mehr wusste, wo oben und wo unten war. Was wäre, wenn Kahlas Hypnosetrick auch noch wirkte, nachdem man wieder aufgewacht war? Dieser Hypnotiseur aus der Zaubershow konnte die Leute dazu bringen, die bescheuertsten Sachen zu machen – ein alter Mann im feinen Anzug stellte sich zum Beispiel auf ein Bein und krähte wie ein Hahn, und eine Dame glaubte, sie könnte Eier legen. Das war natürlich ziemlich lustig gewesen, aber was wäre, wenn Kahla jetzt von mir verlangen würde, dass ich zum Beispiel ... gemein zu Nichts sein sollte. Oder das Ei mit dem letzten Raben zerquetschen ...

Was, wenn Kahla selbst hypnotisiert worden war? Was, wenn sie sich deshalb so seltsam verhielt?

Oh, es war unmöglich herauszufinden, was ich glauben sollte. Aber ich hatte schon jetzt ein flaues Gefühl im Magen. Lange bevor ich den Kopf hob und entdeckte, dass wir eingesperrt waren.

»Clara? Weißt du, wo wir sind?« Es war Oscar, der fragte.

»Nein«, sagte ich.

Der Raum war ungefähr so groß wie ein gewöhnliches Wohnzimmer, aber die Decke war viel höher. Es gab keine Fenster, und ich fühlte mich ein bisschen wie in einem feuchten Keller, nur dass unter der Decke ein riesengroßer Kronleuchter hing, mit glitzernden Kristallen, groß wie Eiszapfen. Die Wände waren genauso blau wie die Decke, und die Ecken waren mit roten, grünen und vergoldeten Bändern geschmückt – so sahen zumindest drei von ihnen aus. Die vierte Wand war eigentlich gar keine. Sie bestand aus dicken goldenen Stangen, die von der Decke bis auf den Boden reichten. Es gab keine Möbel, sondern nur jede Menge weicher Seidenkissen.

Arkus war auch aufgewacht. Er hatte sich aufgesetzt und streichelte bekümmert Eryas Brustgefieder.

»Sie will nicht essen«, sagte er. »Sie möchte nicht hier sein.«

Da ging es ihr genau wie mir.

»Das war Kahla«, sagte ich. »Sie ist gekommen, während wir geschlafen haben, und sie … sie hat dafür gesorgt, dass wir fest weiterschlafen und erst aufwachen, wenn sie es sagt.«

»Wie bei Hypnose?«, fragte Oscar sofort. »Cool! Das heißt … ich meine …«

Er merkte selbst, dass es nicht cool war, zumindest nicht, wenn die Hypnose auf diese Weise eingesetzt wurde.

»Einer von uns hätte Wache halten sollen«, sagte ich. »Dann hätten wir es ihr zumindest nicht ganz so leicht gemacht.«

»Sind wir jetzt auf der Insel?«, fragte er.

»Ich glaube schon. Ich bin wach geworden, als wir auf einem Boot waren, aber sie hat dafür gesorgt, dass ich sofort wieder eingeschlafen bin.«

Nichts lag rücklings auf einem Kissen, die Beine mit den weichen Fingerkrallen ragten senkrecht in die Luft. Sie hatte die Augen immer noch nicht aufgemacht, aber ich hatte den Eindruck, dass sie im Begriff war, wach zu werden. Jedenfalls jammerte sie leise vor sich hin – »oh, oh, oh« –, und ich konnte sehen, wie sich ihre Augen unter den blassen bläulichen Augenlidern bewegten. Katerchen lag zusammengerollt auf dem Boden eines großen Vogelkäfigs und sah ungewöhnlich mürrisch aus. Ich schob einen Finger zwischen den Gitterstäben hindurch und kraulte ihn ein bisschen am Kopf, aber das stimmte ihn auch nicht milder. An der Tür des Käfigs hing ein großes Vorhängeschloss, aber ohne Schlüssel.

»Arkus«, sagte ich. »Kommst du hier raus?« Ich hatte ja gesehen, wie er plötzlich verschwunden war, als alle dachten, er hätte die Eier zerschlagen.

»Das weiß ich nicht«, antwortete er und sah verlegen aus. »Das funktioniert nicht wie bei dem Nebelpfad. Ich mache das nicht mit Absicht. Plötzlich … bin ich einfach weg. Aber … wir sind auf der Insel, nicht wahr? Und hier ist das Ei. Wir können sowieso nirgendwo anders hin, bevor wir nicht das Ei gefunden haben.«

Da hatte er womöglich recht.

»Spürt Erya das Ei?«, fragte ich.

Er nickte.

»Es ist nicht weit weg. In dieser Richtung.« Er zeigte durch die Stäbe.

Ich konnte nirgends eine Tür entdecken – auch nicht in der

Gitterwand. Aber irgendwie mussten wir ja schließlich hier hineingekommen sein.

»Pssst«, sagte Arkus. »Da kommt jemand.«

Ich konnte nichts hören, aber ich erinnerte mich, was Katerchen über Arkus »gesagt« hatte – dass er »große Augen und Ohren« hatte und fast genauso klug wie eine Katze war.

Und wirklich. Durch einen dunklen Gang auf der anderen Seite des Gitters näherte sich ein Licht. Ein jadegrüner Schleier verhüllte die Person, die die Lampe trug, und ein intensiver blumiger und trotzdem würziger Duft strömte uns entgegen, als sie näher kam. Sie hatte winzig kleine Füße, die in goldenen Sandalen steckten, winzig kleine, schlanke Hände mit goldlackierten Nägeln, und sie trug eine Dolde aus winzig kleinen weißen Blüten in den glänzenden schwarzen Haaren unter dem Schleier. Spiralförmige Goldarmbänder schlängelten sich ihre Arme hinauf, und an beiden Ohren baumelten zarte Goldkettchen, geschmückt mit kleinen Perlmuttblumen. Ihre Augen glichen Kahlas – dunkel, ernst und schön.

»Willkommen«, sagte sie.

Es kommt nicht so oft vor, dass ich Worte wie »sanft« und »liebreizend« verwende – so etwas steht sonst nur in Büchern. In ziemlich alten Büchern. Trotzdem gab es keine anderen Worte, wenn man diese Stimme beschreiben wollte.

»Ähh … danke«, sagte Oscar und sah aus, als wäre das heißeste *Babe* aus seinem Lieblingscomputerspiel soeben zum Leben erwacht.

Man konnte es ihm nicht verübeln. Sie war einfach so schön, dass man kaum glauben konnte, dass sie real war.

»Mein Name ist Lamia«, sagte sie. »Ich freue mich, endlich die Freunde meiner Tochter kennenlernen zu dürfen.«

Kahlas Mutter. Es war total verrückt, aber es schien wirklich so zu sein. Man konnte es an den Augen sehen. Das war Kahlas Mutter.

Kahla hatte nie über sie sprechen wollen. Ich wusste nichts über sie, außer dass sie irgendwann verschwunden war – wohin oder warum, davon hatte ich keine Ahnung – und dass deshalb Tante Isa Kahlas Wildhexen-Ausbildung übernommen hatte. Das war einer der Gründe dafür, warum Kahla so streberhaft war. Sie wollte genauso gut werden wie ihre Mutter, hatte sie einmal gesagt. Nein, halt. Nicht dass sie so gut werden *wollte*, sondern dass sie so gut werden *musste*. Als wäre es die wichtigste Sache der Welt.

Offensichtlich war Kahlas Mutter nicht länger verschwunden. Da stand sie, quicklebendig, und sah aus wie ein Filmstar.

»Es tut mir sehr leid, dass ich euch keine bessere Gastgeberin sein kann«, sagte sie. »Aber wie ihr seht – ich bin hier gefangen.« Sie zeigte auf die Stäbe.

Was?

»Ich dachte, *wir* wären eingesperrt?«, rutschte es mir heraus.

Sie lachte. Es klang ein bisschen wie Silberglöckchen.

»Aber nein. Das will ich doch wirklich nicht hoffen. Hat meine Tochter euch den Eindruck vermittelt?«

Hatte sie? Also da war diese Sache mit den Schlangen … und Katerchen war definitiv in einem Käfig.

»Sie … Sie hat dafür gesorgt, dass wir schlafen«, sagte ich.

»Vielleicht, weil es die angenehmste Art der Überfahrt ist?«, schlug Lamia vor.

»Nein«, antwortete ich. »Das glaube ich nicht.«

Lamias wohlgeformte Augenbrauen schossen in die Höhe.

»Ich hoffe doch sehr, sie war nicht unhöflich? Ja, vergebt mir, aber ... Versteht ihr, in den letzten fünf Jahren durfte ich nicht mit meinem eigenen Kind sprechen. Sie wurde mir weggenommen, ich durfte sie nicht mehr sehen, sie nicht mehr berühren ... Stellt euch vor, wie schrecklich das für eine Mutter ist.« Eine kleine, glasklare Träne lief über ihre perfekt geschwungene Wange.

»Ja, aber wieso denn nur?«, piepste Nichts und starrte Lamia mit offenem Mund an.

»Kahlas Vater«, sagte Lamia. »Er hat mich hier unten in dem alten Labyrinth eingesperrt, weit entfernt vom Himmel und der Sonne, die ich so liebe. Aber das war nicht das Schlimmste. Das Schlimmste war, dass er meine Tochter belogen und ihr gesagt hat, ich wäre fortgegangen, ich hätte sie verlassen. Niemals! Niemals würde ich mein eigenes Kind verlassen!«

»Meister Millaconda?«, fragte ich. »Meister Millaconda hat Sie hier unten eingeschlossen?«

»Ist er vielleicht nicht Kahlas Vater?«, fragte sie. »Natürlich war er es.«

Es fiel mir wirklich, wirklich schwer, das zu glauben. Der nette, höfliche Meister Millaconda, der immer so klug und hilfsbereit war? Der Kahla jeden Tag über die Wilden Wege zu Tante Isa gebracht und wieder abgeholt hatte, damit sie ihren Wildhexen-Unterricht machen konnte? Meister Millaconda mit dem Kamelhaarmantel und den sorgfältig geputzten braunen Schuhen?

»Sind Sie sicher?«, fragte ich. »Ich will nicht unhöflich sein, aber ...«

»Denkst du nicht, ich sollte wissen, wer fünf lange Jahre mein Gefängniswärter war?«

»Man hört so etwas doch immer wieder«, flüsterte Oscar. »Nette Männer, die sich als Typen mit einem Keller voller dunkler Geheimnisse entpuppen ...«

»Ja, aber ich *kenne* ihn«, flüsterte ich zurück. »Das passt überhaupt *nicht* zusammen.«

»Ich sehe, dass es euch schwerfällt, das zu verstehen«, seufzte Lamia. »Das ist wahrscheinlich nur natürlich, aber ... vielleicht wird es leichter, wenn Kahla es erklärt.« Sie breitete die Arme aus, anmutig, als wären es Schwanenflügel, und sang einen hohen, funkelnd klaren Ton, der jede Opernsängerin neidisch gemacht hätte. Ich konnte einen Seufzer nicht unterdrücken. Hier war eine Wildhexe, die es nicht nötig hatte, sich zu ihren Erfolgen zu rappen ...

Irgendwo hoch über uns klingelte eine Glocke. Kurz darauf ertönte ein Knirschen und Knarren, und die Kristalle des Kronleuchters schlugen klirrend gegeneinander. Von oben senkte sich eine Treppe herab, auf der Kahla nach unten schritt, begleitet von einem grauen Affen. Er trug ein Tablett mit zwei Kannen und einer Menge Gläsern. Das Ganze sah ein bisschen wie eine Zirkusnummer aus und irgendwie ... falsch. Das war nicht die Art von Beschäftigung, der Affen normalerweise nachgingen, wenn sie eine Wahl hatten.

»Kahla«, sagte Lamia. »Deinen Freunden fällt es schwer, mir zu glauben, wenn ich sage, dass es dein Vater war, der mich in dieses schreckliche Gefängnis gesperrt hat.«

Kahla schaute erst ihre Mutter an, dann mich – ziemlich lange.

»Es stimmt«, sagte sie dann, mit ihrer kältesten Stimme. »Er hat mich fünf Jahre lang belogen. Erst vor wenigen Wochen habe ich herausgefunden, dass meine Mutter uns gar nicht verlassen hatte.«

Sie sagte es fast so, als wäre es unwichtig. Als würden wir uns übers Wetter unterhalten. Ich konnte nicht fassen, dass sie so ... gleichgültig klang.

»Und selbst da hat er noch gelogen«, ergänzte Lamia. »Nicht wahr, meine Prinzessin?«

Kahla nickte. Ein Mal. Sehr kurz.

»Arme Kahla. Wie sehr musst du mich vermisst haben. Wie sehr musst du gelitten haben. Aber ich habe auch gelitten, das kannst du mir glauben.« Lamia streckte die Hand durch das Gitter, und Kahla ging ganz dicht zu ihr hin, sodass Lamia ihr über die Haare streichen konnte. Aber dabei sah sie nicht Kahla an, sondern uns. »Er sagte, er hätte uns um Kahlas Willen getrennt. Ihretwegen hätte er gelogen. Könnt ihr euch das vorstellen? Mutter und Tochter zu trennen und solch furchtbare Lügen zu erzählen? Aber jetzt haben wir einander wiedergefunden, meine hübsche Perle, und wenn deine Freunde hören, wieso du sie hierhergebracht hast, werden sie uns ganz sicher helfen.«

Der Affe klappte Beine aus dem Tablett, sodass es sich in einen niedrigen Tisch verwandelte. Als Lamia ein Zeichen gab, stellte er den Tisch so dicht an das Gitter, wie es nur ging.

»Jetzt setzt euch«, sagte Lamia. »Ihr seid bestimmt durstig, nachdem ihr so lange geschlafen habt.«

Der Affe arrangierte ein paar Kissen rund um den Tisch, und Oscar setzte sich, ohne den Blick von Lamia abzuwenden. Er sah immer noch aus, als hätte er Besuch von seiner Cyber-Traumbraut.

»Wie können wir Ihnen helfen?«, fragte er.

»Wie ihr seht, bin ich immer noch eingeschlossen«, sagte Lamia. »Auch wenn Kahla gerne würde, sie kann mich nicht befreien. Der einzige Weg nach draußen führt durch das Labyrinth, und dessen Geheimnis kennt nur Kahlas Vater. Würde ich mich ohne einen Wegweiser hineinwagen, würde es mich das Leben kosten. Obwohl ich es seit fünf Jahren versuche, konnte ich keine Lösung finden – bis jetzt.«

»Sind wir etwa die Lösung?« Oscar klang, als wäre er auf der Stelle bereit, Leib und Leben zu opfern, um die holde Maid zu retten.

»Ja. Wenn ihr wollt, und wenn ihr euch traut – und wenn das Rabenküken bald schlüpft. Denn hier ist das Auge eines Raben vonnöten, der alle Möglichkeiten zugleich sieht und jedes Mal die richtige wählt.«

»Ja, aber wir haben schon einen Raben«, sagte Oscar so schnell, dass ich ihn nicht davon abhalten konnte – zum Ausgleich trat ich ihn, nachdem er es gesagt hatte.

»Aua! Warum trittst du mich?«

Weil du ein trotteliger Vollpfosten bist, dachte ich, aber ich sagte es nicht laut. Falls Kahla das Rabenküken unter Arkus' Pullover nicht sowieso schon entdeckt hatte, gab es schließlich keinen Grund, Reklame dafür zu machen.

»Entschuldige«, sagte ich. »Ich bin nur gestolpert.«

»Darf ich ihn sehen?«, fragte Lamia. »Den kleinen Raben?«

Arkus legte seine Arme beschützend um die kleine Beule unter seinem Pulli, die Erya war.

»Es gefällt ihr hier nicht«, sagte er. »Und sie mag keine Fremden.« Das Letzte sagte er so laut, dass es beinahe trotzig klang, vor allem, wenn man bedenkt, wie schüchtern und kleinlaut er sonst meistens war.

Lamia musterte ihn.

»Du hast dich schon sehr an sie gebunden, wie ich sehe. Es wird schwer werden, sie an eine erwachsene Rabenmutter zu übergeben.«

Arkus biss sich auf die Lippe. Ich weiß nicht, ob er selbst schon daran gedacht hatte, bevor Lamia es ansprach.

»Sie werden gut auf sie aufpassen«, sagte er.

»Ja«, fuhr sie fort, »aber sie wird nicht mehr *dein* Rabe sein.«

Arkus ließ den Kopf sinken und murmelte etwas Unverständliches.

»Was hast du gesagt, mein Junge?«, fragte Lamia freundlich.

»Ich sagte … die Rabenmütter wissen, was das Beste ist.«

»Das behaupten sie jedenfalls gerne von sich selbst«, antwortete Lamia mit einem kurzen Lachen. »Aber … ich fände es schade, euch zu trennen, wo doch der Rabe – wie nennst du sie?«

»Erya«, flüsterte Arkus.

»– wo Erya dich doch so gern hat und du sie. Es wird nicht nur schwer für dich, mein Freund, sondern auch für sie. Wenn sie selbst bestimmen könnte, was denkst du, für wen würde sie sich entscheiden – für dich oder für eine der Alten aus dem Rabenkessel?«

Arkus schwieg sehr lange.

»Für mich«, sagte er schließlich mit seiner allerkleinlautesten Stimme.

»Wäre es dann nicht eine Schande, sie zu etwas zu zwingen, das sie gar nicht möchte?«

Dieses Mal antwortete Arkus gar nicht. Er schaute nur mit sorgenvollen Augen unter seinem zerzausten Pony hervor.

»Vielleicht gibt es einen Ausweg«, sagte Lamia sanft. »Wenn nun die Rabenmütter ihr Ei zurückbekämen, dann könnte ja dieser Rabe sich eine der Alten aussuchen. Und dann könntest du mit Erya zusammenbleiben.«

»Genau deshalb sind wir ja auch gekommen – um das Ei zurückzuholen«, sagte ich, um alle daran zu erinnern, warum wir eigentlich hier waren.

»Das Ei ist bei mir«, sagte Lamia. »Ihr müsst es nur holen. Ich bin sicher, dass so ein kluger Vogel wie Erya euch auf direktem Weg auf meine Seite führen kann. Ihr müsst unterwegs nur auf die Fallen achten. Und auf den Wächter.«

»Den Wächter?«, fragte Oscar. »Wer ist das?«

»Das ist ... ein Wesen, das Kahlas Vater beauftragt hat, mich zu bewachen. Passt auf, dass er euch nicht erwischt. Und vergesst nicht, den Weg zu markieren, damit ich nach draußen finden kann. Kahla wird euch geben, was ihr braucht.«

Arkus hatte gesagt, dass das Ei nicht weit entfernt war. Aber wenn der einzige Weg hinter dieses Gitter das gefährliche Labyrinth war – wie war es dann dort hineingekommen? Es gab nur eine mögliche Antwort. Kahla hatte es ihrer Mutter übergeben – durch die Gitterstäbe.

»Wenn Sie das Ei dort bei sich haben«, sagte ich. »Dann können Sie es uns ja jetzt auch einfach zurückgeben.«

Lamia lachte wieder ihr klares, leises Lachen.

»Du hast ein schlaues Köpfchen, nicht wahr? Aber das ist wohl das Mindeste, was man von einer erwarten kann, die die beste Freundin meiner Tochter geworden ist. Aber, meine süße Clara, wenn ich das tun würde, dann hätte Erya keinen Grund mehr, euch durch das Labyrinth zu führen. Und dann könnte ich meine Tochter wieder nicht in die Arme schließen – ohne dass uns kaltes Eisen trennt.« Sie sah mich mit ihren schönen dunklen Augen an, die so sehr an Kahlas erinnerten. »Mag sein, dass die Stäbe golden sind, aber darunter sind sie doch immer noch aus Eisen, und ich bin immer noch eine Gefangene. Ich will doch nur zu meiner Tochter. Ist das so schwer zu verstehen? Und wenn ich draußen bin und ihr dann immer noch denkt, das wäre das Beste, könnt ihr alle beide zurück zu den Rabenmüttern bringen, Erya und das Ei.«

»Das klingt ziemlich plausibel«, sagte Oscar.

Ich kannte ihn ja. Er war total scharf darauf, dieses Labyrinth zu erkunden. Für ihn war das so, als wäre sein Lieblingsrollenspiel Wirklichkeit geworden.

»Oscar«, sagte ich. »Wenn man hier stirbt, hat man keinen zweiten Versuch, das weißt du, oder?«

»Na klar«, sagte er. Aber er sah nicht weniger erwartungsvoll aus.

Jungs. Ich verstehe sie nicht. Nicht einmal Oscar. Jedenfalls nicht immer.

»Ich möchte Katerchen mitnehmen«, sagte ich. »Wo ist der Schlüssel zum Käfig?«

»Katerchen? Heißt er so, dein kleiner Wildfreund?«

»Ja«, sagte ich nur.

Sie sah aus, als hätte der Name ihrer Meinung nach ruhig ein bisschen fantasievoller ausfallen dürfen, aber sie hatte natürlich Kater nicht gekannt.

»Ich glaube, es ist besser, er bleibt hier«, sagte sie schließlich. »In Sicherheit. Das ist ja dann auch noch ein guter Grund mehr, sich im Labyrinth ein bisschen zu beeilen, nicht wahr?« Sie lachte, als hätte sie einen Witz gemacht, aber ich war ziemlich sicher, dass das hier kein Spaß war. Sie spürte, dass ich ihr nicht auf dieselbe Weise glaubte wie Oscar, und Katerchen zurücklassen zu müssen war sowohl eine Strafe als auch eine Sicherheitsvorkehrung.

Katerchen schlug mit der Vorderpfote gegen das Käfiggitter und fauchte sein Katzenkinderfauchen. Er war nicht zufrieden. Und das war ich auch nicht.

»Ich möchte ihn mitnehmen!«, wiederholte ich, so entschlossen ich konnte.

»Ist das nicht ein bisschen egoistisch von dir, meine Liebe?«, meinte Lamia. »Er könnte sich verletzen. Dort unten gibt es so viele Gruben, in die eine unvorsichtige kleine Katze fallen kann.«

»Ist es sehr gefährlich, dieses Labo... Laborant?«, fragte Nichts.

»Ich bin sicher, ihr werdet es schaffen«, sagte Lamia. »Kommt. Trinkt etwas, esst etwas, und dann macht euch fertig. Das Labyrinth wartet.«

15 DAS LABYRINTH

Was ist mit diesen Affen los?«, fragte ich Kahla, vielleicht vor allem, um nicht an das denken zu müssen, was uns erwartete – das dunkle Labyrinth.

»Was meinst du?« Sie schaute zu mir auf. Ihr Gesicht war blass und verschlossen, aber wenigstens war sie nicht so hart und scharf, dass man sich an ihr hätte schneiden können. Zumindest in diesem Augenblick. Sie hatte den Prinzessinnenschleier abgelegt und trug eine Hose statt des Kleides, aber auch die Hose war aus Seide, und sie hatte noch immer nicht viel mit der Kahla gemein, die einmal meine Freundin gewesen war.

»Sind … sind das Sklaventiere, oder was?«, fragte ich. Sklaventiere sind Tiere, deren natürliche Instinkte allesamt unterdrückt worden waren und die keinen eigenen Willen mehr hatten. Ein Tier zu versklaven war fast noch schlimmer, als es zu töten, fand ich. Aber ich bemühte mich, nicht allzu vorwurfsvoll zu klingen.

»Natürlich nicht«, sagte sie ziemlich gekränkt. »Sie sind Diener. Das ist etwas völlig anderes.«

»Inwiefern?«, fragte ich.

»Sie … gehören hierher. Sie dienen der Familie meiner Mutter. Das haben sie schon immer getan. Wir achten sie sehr.«

»Aber sie verhalten sich nicht wie Affen?«

»Manchmal schon.«

»Wann denn? Wenn sie frei haben?«

»Wenn sie … während sie … also, es dauert lange, ihnen das alles beizubringen. Da ist nicht so viel Raum für … Freizeit.«

»Dann tun sie also nichts anderes als arbeiten? Sie haben mit anderen Worten nie frei?«

Kahla funkelte mich böse an, fast auf die alte Kahla-Art.

»Mein Vater wollte nicht, dass wir neue ausbilden«, sagte sie. »Sie sind daher ziemlich alt. Es wird schwierig werden, irgendwann ohne sie zurechtzukommen. Mein Vater meinte, dass die, die schon ausgebildet sind, vergessen haben, Affen zu sein, und sicherlich verwirrt wären, wenn sie plötzlich keine Diener mehr sein dürften.«

Zwei der Affen marschierten mit dem Großteil unseres Gepäcks neben uns her – darunter mein Rucksack. Wenigstens haben sie keine Kleider an, dachte ich. Einer von ihnen trug ein juwelenbesetztes Halsband, aber das war alles.

»Kahla …«, begann ich. »Wieso hat dein Vater Lamia in diesem Labyrinth eingeschlossen?«

»Es … es ist besser, wenn wir nicht darüber reden.«

»Wie meinst du das? Wenn wir sie schon befreien sollen, wäre es da nicht klug, sich Gedanken zu machen, warum sie überhaupt dort drinnen ist?«

Kahla blieb stehen. Wir waren auf einem Pfad, der zwischen unzähligen grünen palmenartigen Pflanzen hindurchführte, deren dicke Blätter in alle Richtungen abstanden. Die trockene Erde unter den Pflanzen war ganz anders als die Erde bei uns zu Hause – eher rot als braun. Ziegelrot. Der Staub setzte sich in unseren Schuhen, Strümpfen und Nasenlöchern fest. Wir sahen alle aus, als hätten wir an einer Exkursion durch eine Ziegelei teilgenommen.

Als Kahla stehen blieb, hielten auch die Affen an und warteten höflich. Kahla brach einen Ast ab und begann, damit auf dem Weg herumzukratzen.

»Meine Mutter wollte meine Ausbildung selbst übernehmen«, sagte sie. »Aber mein Vater war nicht damit einverstanden.«

»Das ist doch kein Grund, die eigene Frau in ein Gefängnis zu sperren.«

»Für ihn schon.« Sie stampfte auf den Boden, und erst jetzt kapierte ich, dass sie nicht nur zufällige Striche in den Staub gekritzelt hatte, sondern große eckige Buchstaben. Über die ganze Breite des Pfads stand: SIE KANN UNS HÖREN.

»Wie das denn?«, fragte ich.

Kahla schüttelte nur den Kopf.

»Wir haben keine Zeit für das ganze Geschwätz«, sagte sie. »Wir sollten zusehen, dass wir ankommen, bevor das Küken schlüpft.«

Der Eingang des Labyrinths ähnelte mehr einem Loch als einem … äh, Labyrinth-Eingang, wie auch immer so etwas sonst aussehen mochte. Er befand sich unter einem Felsvorsprung, überwuchert von dunkelgrünen Schlingpflanzen mit riesengroßen zartlila Blüten, die ein bisschen an Trompeten erinnerten. Die Affen setzten unser Gepäck ab. Kahla angelte ein paar kleine Früchte aus einer bestickten Tasche, die sie an der Hüfte trug.

»Danke, Chiku«, sagte sie. »Ihr … dürft jetzt gerne Pause machen.«

Sie warf mir einen Seitenblick zu, nur ganz kurz, aber ich war mir ziemlich sicher, dass sie den Affen nur frei gab, weil ich sie darauf angesprochen hatte. Chiku nahm mit ernster Miene seine Frucht entgegen und aß sie mit feinen kleinen Bewegungen. Ein wenig Saft tropfte ihm auf das Kinn, und er rieb ihn weg und leckte sich die Finger sauber. Danach blieb er stehen und schaute Kahla an.

»Jetzt geht schon«, sagte sie.

Die beiden Affen drehten sich um und gingen – nicht auf allen vieren, wie gewöhnliche Affen, sondern sorgsam aufgerichtet, auch wenn ihnen die Arme bis zu den Knien reichten. Diese Freiheit hatte so gar nichts Affentypisches, Ausgelassenes an sich, dachte ich. Die beiden erinnerten eher an zwei müde Aktentaschenträger, die nach Büroschluss auf dem Heimweg waren.

»Nun«, sagte Oscar und rieb sich die Hände – buchstäblich. »Dann lasst uns mal das Ei finden!«

Deshalb waren wir gekommen, und trotzdem wurde ich das Gefühl nicht los, dass es nicht richtig war. Ich hatte immer noch keine Antwort auf meine Frage, warum der reizende Meister Millaconda Lamia in das Labyrinth eingeschlossen hatte. Wieso hatte Kahla die anderen Eier zerstört, wenn es doch nur darum ging, einen Weg nach draußen zu finden? Wieso hatte sie die Warnung in den Staub geritzt? SIE KANN UNS HÖREN. Ich verspürte ein unangenehmes Kribbeln entlang der Wirbelsäule, und ich traute mich kaum, etwas zu sagen, weil ich nicht wusste, ob Lamia es hören durfte – oder nicht. Sie hatte Katerchen bei sich behalten, und ich glaubte nicht eine Sekunde daran, dass der wahre Grund ihre große Sorge war, dass meiner kleinen Katze etwas zustoßen könnte.

»Was wissen wir eigentlich über dieses Labyrinth?«, fragte ich Kahla.

»Es war schon immer hier«, sagte sie. »Oder zumindest existiert es schon sehr, sehr lange. Es kursieren eine Menge Geschichten darüber, mal ist es eine Grabkammer, mal ist dort drinnen ein Schatz verborgen, und mal ist es ein Schatz in einer Grabkammer. Meine Mutter sagt, da sei nichts dran. Sie meint, es sei früher so etwas wie ein gigantisches Hexenrad gewesen, errichtet, um die Kräfte des Universums einzufangen und in einem Punkt zu bündeln. Aber inzwischen ist ein ziemlich großer Teil eingestürzt, und es funktioniert nicht mehr.«

»Hast du wirklich nie versucht, einen Weg hindurch zu finden?«, fragte Oscar. »Obwohl du hier wohnst?«

Kahla schüttelte den Kopf.

»Ich durfte nicht. Mein Vater hat es verboten. Er hat gesagt, es sei lebensgefährlich. Das Labyrinth hat mindestens vier Stockwerke und unzählige Stellen, an denen man abstürzen kann. Die Brücken sind morsch, es gibt Gänge, die mit Wasser geflutet sind – und dann natürlich die vielen Fallen, die mit Absicht errichtet wurden, um unwillkommene Gäste fernzuhalten. Also, ja, es ist gefährlich. Aber ... er hatte wohl auch Angst, ich könnte meine Mutter finden.«

Nichts stieß ein beklommenes leises Fiepen aus. »Oh nein, oh nein«, jammerte sie. »Müssen wir *wirklich* da rein?«

Arkus hob den Blick. »Wir müssen das Ei finden«, sagte er. »Erya meint, dass das Küken bald schlüpft.«

»Sagt Erya auch wo?«, fragte ich.

»Sie wird uns bestimmt helfen«, erklärte Arkus. »Aber sie kann ja noch nicht fliegen ...«

»Ja, das wäre wirklich super«, murmelte ich. Dann könnte Erya vorausfliegen und uns vor den Fallen und all dem anderen warnen.

Tu-Tu. Wo war eigentlich Tu-Tu abgeblieben? Ich hatte ihn

nicht mehr gesehen, seit wir drüben auf dem Festland am Strand eingeschlafen waren.

»Tu-Tu…«, rief ich. »Bist du da? Ich habe keine Mäuse mehr, aber … ich könnte im Augenblick wirklich gut ein bisschen Hilfe gebrauchen. Und es ist zwar nicht ganz leicht zu erklären, aber es geht auch darum, Tante Isa zurückzubekommen …«

Ich wartete. Nichts passierte.

»Vielleicht ist er nach Hause geflogen«, meinte Oscar. »Oder er sitzt in irgendeinem Baum und schläft. Er ist ja nicht so scharf darauf, im Hellen zu fliegen, aber du hast ihm ja gestern keine andere Wahl gelassen …«

»Wir können nicht länger warten« sagte ich. »Lasst uns einfach anfangen.«

Wie sich herausstellte, gab es unter dem Felsvorsprung eine Tür. Sie war fast drei Meter hoch und ungefähr doppelt so breit wie eine normale Tür. Das Holz war dunkel und grün vom Alter, und in der Mitte des Türblatts saß eine große Kupferscheibe mit einem eingravierten Labyrinth, die aussah wie eine Gebrauchsanweisung. Ich studierte sie einen Moment in der Hoffnung, dass die Scheibe eine Art Karte wäre, aber das war sie nicht – auf ihr waren nur zahllose Löcher, die vor hundertsiebzehn Jahren mit einem kleinen Stift eingeschlagen worden waren. Außerdem hatte Kahla von mindestens vier Stockwerken gesprochen. Man konnte sich also nicht nur ganz gewöhnlich links und rechts in Sackgassen und Seitengängen verirren, sondern auch noch nach oben und unten. Schön.

Kahla zog einen großen grünspan-grünen Schlüssel aus ihrem Rucksack und schloss die Eingangstür auf. Wir hatten jetzt jede Menge Gepäck – Seile, Strickleitern, lange Stöcke, Taschenlampen, einen Kompass und ein Instrument, mit dem man, wie Kahla uns erklärte, Gas messen konnte. Es schlug Alarm, wenn man an eine Stelle kam, an der es keine Atemluft gab. Zusätzlich hatten wir zwei große Eimer mit neongelber Farbe dabei, die dazu diente, den Weg zu markieren.

Aber nicht der Kompass sollte uns durch das Labyrinth leiten. Sondern Erya und Arkus.

Auf dem ersten Stück waren die Wände mit alten, halb verrotteten Bildteppichen behängt. Man konnte kaum noch erkennen, was sie einmal darstellen sollten, aber aus dem, was noch sichtbar war, schloss ich, dass es eine Art Comic war, der sämtliche Gefahren schilderte, die uns erwarteten: kleine Männer, die in einen Abgrund stürzten, in Fallgruben fielen und von spitzen Pfählen aufgespießt wurden, die ertranken oder mit den Händen an der Kehle und aus dem Mund hängender Zunge umkippten – letztere starben offenbar an einer Gasvergiftung, dachte ich.

Auch Oscar betrachtete die Bilder. Er öffnete den Mund.

»Wenn du ›oh, wie cool‹ sagst, knall ich dir eine«, zischte ich.

Er klappte den Mund wieder zu.

»Alles klar«, sagte er dann. »Aber du musst zugeben, dass es schon ein bisschen spannend ist, oder?«

Ich hätte es lieber Furcht einflößend genannt. Jedenfalls war mein Magen ein kleiner harter Klumpen Angst. Aber ich schüttelte nur den Kopf.

»Du spinnst echt«, sagte ich.

Ein Stück den Gang hinunter kam die nächste Tür. Darauf war nur ein Totenschädel.

»Okay«, sagte ich. »Ich denke, wir haben es kapiert …«

Kahla hatte einen zweiten Schlüssel dabei und schloss diese Tür ebenfalls auf.

»So … weiter weiß ich auch nicht«, sagte sie. »Hier fängt das Labyrinth richtig an.«

Es gab drei Möglichkeiten – nach rechts, nach links oder geradeaus. Ging man geradeaus, ging man zugleich nach unten. Eine staubige Steintreppe führte abwärts in die Tiefe.

Ich schaute zu Arkus.

»Welchen Weg nehmen wir?«, fragte ich.

»Erya sagt, wir müssen nach unten.«

Oscar malte den ersten neongelben Pfeil auf die Felswand. Dann stiegen wir die Treppe hinunter. Oscar zuerst, dann ich mit Nichts, dann Arkus und schließlich Kahla.

Es war nicht unbedingt kalt, nur kühler als draußen in der Tropenhitze. Aber es stank abscheulich – nach Schimmel und allem Möglichen anderen, das hier herumlag und vor sich hin moderte. Auch bei den beiden folgenden Abzweigungen wählten Erya und Arkus den Weg nach unten, und mit jedem Mal wurde es ein bisschen kühler und ein bisschen feuchter.

Die Gänge ähnelten einander. Sie waren aus dem Fels gehauen und mit Steinbögen oder Balken und Pfosten abgestützt wie in einer Mine, und abgesehen davon, dass die Decke an manchen Stellen sehr niedrig war, gab es keine großen Unterschiede. Vorläufig hatten wir weder Fallgruben noch giftige Gase oder –

Ich hörte ein leises Klicken.

»Passt auf!«, brüllte Oscar und machte einen Satz zurück, sodass wir beide hinfielen, während Nichts mit einem kleinen nervösen Quietschen aufflatterte. Irgendwo über uns dröhnte es unheilvoll, und plötzlich schoss Wasser auf uns herunter.

»Zurück!«

Es war immer noch Oscar, der schrie. Er stand schon wieder

auf den Füßen, ich brauchte ein wenig länger. Ich war auf meinen verletzten Arm gestürzt und Oscar mehr oder weniger noch obendrauf. In diesem Moment tat es wirklich megaweh. Falls der Arm nicht sowieso schon gebrochen war, war er es spätestens jetzt, da war ich mir ziemlich sicher. Aber es half niemandem, wenn ich hier lag und mich selbst bemitleidete, denn von oben stürzte immer noch mehr Wasser herunter, und der Gang war schon zur Hälfte mit der dunklen, stinkenden trüben Brühe gefüllt. Ich hatte meine Lampe verloren, aber das ließ sich jetzt auch nicht mehr ändern. In diesem Moment galt es nur noch, rasch wegzukommen.

Wir platschten und wateten zur Treppe und kletterten in den darüberliegenden Gang. Es dauerte nicht lange, bis das Wasser dort, wo wir eben noch gewesen waren, bis unter die Decke reichte, und es machte keinerlei Anstalten, irgendwo zu versickern.

»Sind alle o.k.?«, fragte Oscar. Ein sehr nasser Eisenherz tauchte aus seiner Hemdentasche auf, rieb sich die Schnauze mit beiden Vorderpfoten und nieste ein paarmal.

»Oh je«, jammerte Nichts. »Was nun?«

»Wir müssen nach unten«, sagte Arkus und schaute missmutig auf den Gang, der jetzt einem unterirdischen Schwimmbad glich. »Können wir durchschwimmen?«

Schon allein der Gedanke verursachte mir Extra-Schmerzen im Arm.

»Ich glaube nicht, dass das klug wäre«, sagte Oscar. »Es ist bestimmt besser, einen Umweg zu suchen. Ich dachte, diese Raben würden sich nie irren …?«

»Sie ist noch sehr jung«, verteidigte sie Arkus. »Ihr war nicht klar, dass Menschen auf diesen Mechanismus treten würden. Ein Rabe hätte einfach durchfliegen können.«

»Kannst du sie nicht dazu bringen, so was das nächste Mal in ihren Berechnungen zu berücksichtigen?«, fragte Kahla ziemlich scharf.

Seidenbluse und Seidenhose klebten an ihrer Haut – und sie zitterte vor Kälte genau wie sonst auch immer. Oder zumindest ganz so wie früher, als sie einfach nur Kahla und Tante Isas beste Wildhexenschülerin gewesen war.

Arkus zog den Kopf ein und legte eine schützende Hand um Erya. Er murmelte dem kleinen, flaumigen Bündel, das aus seinem Pullover äugte, etwas zu.

»Es ist okay, Arkus«, sagte ich. »Jeder macht mal einen Fehler, und uns ist ja nichts passiert.« Ich verzichtete darauf, meinen pochenden Arm zu erwähnen. »Komm schon. Was sagt sie? Gibt es einen anderen Weg?«

Er ließ seine Hand für einen Moment auf Erya liegen. Sie rieb den Schnabel an seinem Zeigefinger und gab ein sanftes Tschiiirp von sich.

»Sie hat es jetzt verstanden: Menschen sind keine Raben und können nicht fliegen. Wir können dort entlanggehen«, sagte er und zeigte auf einen Gang rechts von uns, »aber es ist ein ziemlich langer Umweg.«

»Hauptsache, man benötigt keine Kiemen«, sagte ich. »Dann gehen wir gerne ein paar Schritte mehr.«

16 SKORPIONE UND SUPERMAUS

Das mit dem langen Umweg war keine Übertreibung gewesen. Es kam mir vor, als würden wir inzwischen seit Jahren durch feuchte, muffige Felsengänge krabbeln, klettern, gehen und kriechen.

An manchen Stellen war die Decke so niedrig, dass wir auf alle viere mussten – in meinem Fall auf alle drei, denn auf den verletzten Arm konnte ich mich nicht stützen –, und es gab sogar ein paar Löcher, die so eng waren, dass man sich durchschlängeln musste.

Ich hatte es gerade durch die allerschmalste Öffnung geschafft und konnte wieder auf die Knie gehen, als mir etwas auf den Kopf fiel. Ich wischte es automatisch weg, und erst als es vor mir auf den Boden fiel und im Lichtkegel von Kahlas Taschenlampe landete, erkannte ich, was es war.

Ein Skorpion. Ein fetter weißer, blinder Skorpion von der Größe meines Mittelfingers. Wütend stellte er den Stachelschwanz in Angriffsposition, und es war pures Glück, dass er mich noch nicht gestochen hatte.

Er war nicht alleine. Seine Artgenossen saßen an der Decke, an den Wänden, auf dem Boden, in Gruppen und Stapeln. Gepanzerte weiße Biester mit dicken Scheren und beweglichen Schwänzen. Wovon sie hier unten wohl lebten – also falls nicht gerade unvorsichtige Labyrinth-Forscher vorbeikamen? Vermutlich von Insekten, Käfern, Würmern und vielleicht auch Mäusen. Die Skorpione hatten keine Augen, aber man sah ihnen an, dass sie wussten, wo wir waren. Gut möglich, dass sie uns riechen oder unsere Körperwärme spüren konnten.

Oscar, der vor mir war, wurde vor Schreck ungefähr so starr, wie man es überhaupt nur werden kann, wenn man nicht gerade in einen Stein verwandelt wird.

»Mach sie weg«, zischte er. »Sitzen schon welche auf mir?«

Tatsächlich hockten zwei auf seinem Rücken, aber ich konnte mir nicht vorstellen, dass er das gerade wirklich wissen wollte. Bis auf Weiteres saßen sie ja auch still und sahen fast so aus, als würden sie sich sonnen.

»Kahla«, flüsterte ich, nur für den Fall, dass sie es nicht mochten, wenn man rumbrüllte. »Kannst du sie davon überzeugen, dass wir ihnen nichts tun?«

»Ihnen nichts tun?«, piepste Nichts. »Die wollen uns doch was tun. Schau dir nur die Schwänze an!«

»Skorpione sind nicht unbedingt aggressiv«, sagte ich und hoffte, dass ich recht hatte. Es war eine ganze Weile her, dass ich den Abschnitt über Spinnentiere in dem Buch gelesen hatte, das Tante Isa mir zu Weihnachten geschenkt hatte – *Wunden, Stiche und Bisse: Die giftigen Tiere der Wilden Welt* – aber ich wusste noch, wie überrascht ich gewesen war, als mir klar wurde, dass Spinnen, Zecken und Skorpione alle miteinander verwandt waren. »Solange man sie nicht in die Ecke drängt …«

»Und wie genau macht man das, wenn man nur einen halben Meter Platz nach oben hat und keine andere Möglichkeit, als über sie drüberzukriechen?«, fragte Oscar.

»Genau deshalb muss Kahla uns helfen«, sagte ich. »Können

wir sie auf irgendeine Weise einsammeln, damit wir sie nicht zerquetschen?«

»Die Biester einsammeln?«, zischte Oscar. »Bist du wahnsinnig?«

»Doch«, sagte Kahla und sah nachdenklich aus. »Das ist eigentlich keine schlechte Idee. Hier – nimm die Tasche.« Sie kippte ein paar Fladenbrote aus einer Baumwolltasche, die sie mir reichte. »Ich werde dafür sorgen, dass sie dich nicht stechen.«

Sie fing an zu summen, einen sehr tiefen und ruhigen Wildgesang. Nach wenigen Augenblicken senkten die Skorpione, die ich von mir heruntergefegt hatte, ihre Schwänze und sahen weniger angriffslustig aus.

»Jetzt?«, fragte ich.

»Ja, jetzt«, antwortete Kahla und sang weiter.

Vorsichtig streckte ich eine Hand aus und nahm den nächstbesten Skorpion mit Daumen und Zeigefinger hoch. Er ließ es geschehen. Seine Scheren ruderten langsam und suchend ein wenig herum, aber sein Schwanz verhielt sich ruhig. Ich setzte ihn in die Tasche und machte mich daran, seine Kollegen von den Wänden und dem Boden zu pflücken. So schnell es möglich war, nahm ich die Skorpione von Oscars Rücken, einen nach dem andern.

»Was machst du da?«, fragte er.

»Ähhh ... da saßen zwei ...«, gab ich zu. »Aber jetzt sind sie weg.«

Er stieß eine pfeifenden Laut aus, als wäre er auf dem Weg in sehr kaltes Wasser, das gerade über den Rand seiner Badehose schwappte, aber davon abgesehen rührte er sich nicht.

»Oscar«, sagte ich schließlich.

»Ja.«

»Da sind noch ein paar vor dir. An die komme ich nicht ran.«

»Willst du etwa, dass *ich* …«

»Ich passe nicht an dir vorbei. Es wäre das Beste, wenn du sie aufsammeln würdest.«

Ich hörte wieder dieses pfeifende Geräusch und hatte den Eindruck, dass er für einen Moment die Augen schloss, aber ich konnte sein Gesicht nicht sehen.

»Gib mir die Tasche«, sagte er dann.

Es war deutlich, dass es ihm alles andere als leichtfiel, aber er überwand sich. Nahm erst einen, dann zwei und schließlich ein gutes halbes Dutzend Skorpione vom Boden auf und setzte sie zu den anderen. Am Ende war die Tasche randvoll, beulte sich aus und bebte, weil die Skorpione darin übereinanderkrabbelten. Aber kein einziger hatte versucht, uns zu stechen.

»Dann können wir jetzt wohl weiterkriechen«, sagte ich zu Oscar.

Mir fiel wieder ein, was Kahlas Mutter über den Wächter gesagt hatte. Sie hatte doch wohl kaum die Skorpione damit gemeint? Nein, es hatte so geklungen, als gäbe es nur einen. Den hatten wir – vorläufig – noch nicht zu Gesicht bekommen. Es. Ihn. Ich hätte genauer nachfragen müssen, dachte ich. Aber wer weiß, ob ich überhaupt eine ehrliche Antwort bekommen hätte.

Es war eine Erleichterung, als wir endlich an eine Stelle kamen, an der man wieder aufrecht stehen konnte. Wir ließen die Skorpione in einem Seitengang frei, und Oscar schrieb: ACHTUNG – SKORPIONE! mit neongelben Buchstaben an die Wand.

Arkus zeigte auf einen viel größeren und breiteren Gang, was erfreulich war, aber er zögerte.

»Da ist etwas …«, sagte er. »Erya ist sich nicht sicher, ob Menschen über den Boden gehen können.«

»Arrrrrg«, seufzte ich frustriert. »Ich wünschte, wir hätten Tu-Tu.«

»Ihr habt doch mich«, sagte Nichts.

Für einen Moment wurde es still. Ich dachte an Nichts' Flugkünste, die alles andere als herausragend waren. Es war eine Sache, flach über dem Boden nach draußen zu flattern, wo es in der Regel nichts ausmachte, wenn sie ein bisschen ins Schlingern geriet, und wo sie einfach landen konnte, wenn die Flügel nicht mehr so ganz wollten oder sie Schlagseite bekam. Aber es war etwas völlig anderes, durch den dunklen Gang vor uns zu fliegen, wo es womöglich genauso katastrophal war, die Wand zu streifen, wie den Boden zu berühren … und wie sollte sie etwas sehen? Ob sie wohl mit einem Handfuß eine Taschenlampe halten konnte, ohne das Gleichgewicht zu verlieren?

»Bist du sicher …?«, fragte ich.

»Du hast selbst gesagt, dass man an das denken soll, was man kann, und nicht so viel an das, was man nicht kann«, erklärte sie mit fester Stimme. »Ich bin *viel* besser geworden im Fliegen. Außerdem ist es ja nicht weit. Ich fliege nur kurz rein und wieder raus.«

Das stimmte wohl. Aber ich hatte trotzdem feuchte Hände und bange Ahnungen, als ich kurz darauf zusah, wie sie abhob, die kleinste Taschenlampe, die wir finden konnten, an den rechten Handfuß gebunden. Der Lichtkegel fegte wild hin und her, und ich fragte mich, ob sie so überhaupt etwas erkennen konnte. Ich glaube, sie war ziemlich kurz davor, gegen eine der Wände zu knallen, als ein keuchendes »Oh nein, oh nein« aus dem Gang ertönte. Als sie flatternd zurückkam, kam sie ohne die Lampe.

»Entschuldigung«, sagte sie und landete mit einem dumpfen Klatschen auf dem Boden. »Oh nein, oh nein. Hatschiiiiii!« Federn, Daunen und Rotz flogen in alle Richtungen. »Ich habe die Lampe verloren«, jammerte sie. »Aber ich habe es gesehen! Da hängt etwas oben unter der Decke, über einer Art Holzbrücke. Und ich bin mir ziemlich sicher, dass Brennholz runterfällt, wenn man die Brücke betritt. Oder … es sind bestimmt Steine, ich konnte es nicht so gut sehen, aber es hängt in großen Netzen. Wir werden Pfannkuchenmus, wenn wir es ausprobieren!«

»Pfannkuchenmus gibt es nicht«, sagte ich abwesend. »Entweder Mus *oder* Pfannkuchen.«

»Ach, aber … ganz platt auf jeden Fall«, stammelte Nichts.

Oscar schaute Arkus an. »Gibt es einen anderen Weg?«, fragte er.

Arkus schüttelte den Kopf. »Erya sagt, dieses Mal geht es nur geradeaus.«

»Vielleicht können wir selbst ein paar große Steine auf diese Brücke werfen«, schlug ich vor.

»Und was soll das bringen?«, fragte Kahla.

»Dann fallen die Steine bestimmt aus den Netzen. Und wir können hinterher einfach daran vorbeigehen.«

Mir wurde plötzlich bewusst, dass wir miteinander sprachen, als wäre nichts gewesen – als wäre die ganze Sache mit den Eiern und dem Feindesblut nie passiert. Während sie die Skorpione beruhigt hatte, damit ich sie aufsammeln konnte, hatte ich nicht ein einziges Mal daran gedacht. Ich hatte ihr einfach vertraut. So wie früher.

Offenbar kann man eine Freundschaft nicht einfach mit einem Knopfdruck ausschalten, dachte ich. Nicht einmal dann, wenn man es vielleicht besser tun sollte. Konnte ich mich jetzt auf sie verlassen? Und was war, wenn wir – falls wir – durch das Labyrinth kamen und es bis zu dem Ei schafften?

Wir fanden ein paar Steine und schleuderten sie in den dunklen Gang. Die Taschenlampe lag noch immer irgendwo dort drinnen auf dem Boden und leuchtete, aber es war trotzdem nicht so ohne Weiteres zu sehen, wohin wir zielen mussten. Trotz vieler Versuche tat sich nichts.

»Das klappt nicht«, sagte Oscar grimmig. Er wischte sich den Schweiß von der Stirn – die schweren Steine zu werfen war harte Arbeit – und kraulte Eisenherz vorsichtig mit dem Zeigefinger den Nacken. »Tja, wenn du *wirklich* eine Supermaus mit geheimer Identität wärst, dann würdest du jetzt da reinrennen, nach oben klettern und die Stricke mit deinen superscharfen Laser-Zähnen durchknabbern.« Er rieb sich kurz über die Schramme, die er sich irgendwann unterwegs über dem Auge zugezogen hatte. So sehen wir gerade alle aus, dachte ich. Schmutzig, mit blauen Flecken, Kratzern, Schrammen und abgebrochenen Fingernägeln. Von Kahlas Prinzessinnenglanz war auch nichts mehr übrig. Es ist ziemlich egal, ob deine Nägel mit Silber lackiert sind, wenn zwei davon abgebrochen und die Finger total verdreckt sind.

»Haben wir Wasser?«, fragte Oscar.

Schweigend zog ich eine Wasserflasche aus meinem Rucksack und gab sie ihm. Er trank ein paar laute Schlucke – es machte wirklich gluck-gluck-gluck, beinahe wie im Trickfilm –, und dann verschluckte er sich plötzlich fast.

»Eisenherz«, rief er. »Eisenherz, komm zurück!«

Der kleine Siebenschläfer saß nicht mehr in seiner Tasche. Stattdessen flitzte er in den dunklen Gang. Oscar machte Anstalten, ihm nachzurennen, aber ich hielt ihn am Arm fest.

»Willst du Pfannkuchenmus werden?«, fragte ich ihn.

»Ja, aber, Eisenherz ...«

»Er kommt zurück«, sagte ich. »Du musst nur auf ihn warten.«

»Ja, aber, was ist, wenn diese Steine runterkrachen ...«

»Das werden sie nicht«, beruhigte ich ihn. »Ich bin mir ziemlich sicher, dass die Falle so konstruiert ist, dass man ein bisschen mehr wiegen muss als ein Siebenschläfer.«

Ein ohrenbetäubendes Poltern dröhnte aus dem Gang, und eine riesige Luftwelle, gefolgt von Staub und kleinen Steinchen, schlug uns entgegen.

»Eisenherz!«, schrie Oscar. »Halte durch! Ich komme!«

Das Licht der Taschenlampe drang kaum durch die Staubwolken. Immer noch hörten wir kleine Steine herabrieseln, und ich war absolut nicht davon überzeugt, dass es schlau war, zu diesem Zeitpunkt in den Gang zu stürmen. Und sollte Eisenherz auf der Brücke gewesen sein, als die Steine herunterstürzten, dann ...

»Warte«, rief ich, aber dieses Mal ließ Oscar sich nicht aufhalten, und es blieb mir nichts anderes übrig, als ihm zu folgen.

Die Holzbrücke war zu Kleinholz zerschlagen, und an ihrer Stelle lag jetzt ein kleineres Geröllfeld.

»Hatschi ...«

Es war ein winzig kleines Niesen, und es kam nicht von Nichts. Ganz oben auf dem größten Felsbrocken saß Eisenherz und putzte sich mit beiden Vorderpfoten das Schnäuzchen. Er war ganz grau vom Staub, abgesehen von der Supermaus-Maske, aber sonst war ihm nichts passiert.

»Eisenherz ...« Oscar riss ihn geradezu an sich. »Spinnst du? Du kannst mir doch nicht so einen Schreck einjagen ...« Dann hielt er plötzlich mitten im Satz inne. Ich dachte, ihm wäre vielleicht aufgefallen, dass es keinen Sinn hatte, einer Maus – oder besser gesagt: einem Siebenschläfer – eine Standpauke zu halten. Aber das war es nicht.

»Clara«, sagte er. »Denkst du … was, wenn …«

»Was ist denn?«, fragte ich.

»Ich dachte nur … ist es nicht seltsam, dass ich dastehe und das sage … und dann rennt er hier rein … und dann fallen alle Steine runter. *Was, wenn er verstanden hat, was ich gesagt habe?*«

»Oscar, er ist keine Supermaus. Er hat keine Laser-Zähne.«

»Nein, aber – aber man kann solche Seile ja auch mit ganz normalen Siebenschläfer-Zähnen durchnagen. Erst recht, wenn die Seile schon ein bisschen älter und angegammelt sind so wie alles andere hier drinnen.«

Ich musterte forschend Eisenherz' kleines schwarz maskiertes Gesicht.

»Wenn du eine Wildhexe wärst und er dein Wildfreund, dann vielleicht«, sagte ich. »Aber du bist keine Wildhexe. Es muss ein Zufall gewesen sein.«

Oscar streichelte Eisenherz zärtlich mit dem Zeigefinger über den Kopf. »Das muss es wohl …«, sagte er dann. »Aber ich habe ihm den richtigen Namen gegeben. Auch wenn er keine Supermaus ist, supermutig ist er auf jeden Fall!«

17 DER WÄCHTER

Was ist das?«, fragte Arkus plötzlich. Wir hatten uns in eine Felsenkammer gesetzt, in die durch einen Schacht in der Decke ein wenig Tageslicht fiel. Wir brauchten alle eine Pause und etwas zu essen und zu trinken, und es war angenehm, dass es hier nicht so finster war. Ich hatte keine Ahnung, wie spät es war, und mir fiel auf, dass ich mein StarPhone gar nicht mehr in der Tasche hatte.

»Hast du mein Handy?«, fragte ich Kahla.

Aber noch bevor sie antworten konnte, hörte auch ich, was Arkus mit seinen Superohren schon längst bemerkt hatte: einen säuselnden Flötenton und ein tieferes Zischen und Rasseln, das näher kam und dabei immer lauter wurde.

Das Fladenbrot in meinem Mund wurde auf einmal schrecklich trocken. Ich stand auf.

»Das ist etwas Lebendiges«, flüsterte ich. »Und es kommt näher.«

»Setz dich hin und sei leise«, zischte Kahla. »Dann tun sie dir nichts.«

»Wer?«, fragte Oscar. »Wer denn?«

»Die Schlangen.«

Auf einmal konnte ich sie sehen. Wie eine flache dunkle Welle glitten sie über den Boden – schwarze, gelbe, braune durcheinander, und für einen kurzen Augenblick hatte ich das Gefühl, Iljas Egelfluss wiederzusehen. Aber das hier waren keine kleinen fingerlangen Egel, sondern es waren – wie Kahla gesagt hatte – Schlangen.

»Jemand hat sie aufgeschreckt«, sagte sie leise. »Bleibt einfach still sitzen und lasst sie vorbei …«

Kahla hatte leicht reden. Aber tatsächlich schienen sich die Schlangen nicht im Geringsten für uns zu interessieren. Sie hatten es nur eilig, hier wegzukommen. Vielleicht flohen sie vor den panflötenartigen Tönen, die weiterhin immer näher kamen.

Ich war mir nicht sicher, ob ich jemandem begegnen wollte, der oder die in der Lage war, eine ganze Horde Schlangen so zu erschrecken, aber es sah nicht so aus, als hätte ich eine Wahl. Oder … vielleicht konnten wir uns in einem der Seitengänge verstecken?

»Kommt«, flüsterte ich. »Ich glaube, es wäre ziemlich dumm, hier sitzen zu bleiben. Wir wissen nicht, was es ist … Lasst uns wenigstens ein bisschen in Deckung gehen.«

»Gute Idee«, sagte Oscar leise, der für Schlangen auch nicht mehr Begeisterung als für Skorpione aufbrachte.

Wir schlüpften ein paar Meter weit in einen Seitengang und knipsten unsere Lampen aus. Hauptsache, Nichts fängt jetzt nicht wieder an zu niesen, dachte ich und drückte insgeheim die Daumen, nur so zur Sicherheit.

Die Flötentöne kamen immer näher. Jetzt hörte ich auch Schritte – schwere, schlurfende Schritte, die irgendwie weder nach Mensch noch nach Tier klangen. Ein tiefes, prustendes Schnauben hallte durch die Gänge, und das Flöten hörte für einen Augenblick auf.

Dann trat er in die Felsenkammer, und ich schnappte leise nach Luft.

Er war groß – schätzungsweise eineinhalbmal so groß wie der größte Mensch, der mir je begegnet war. Gut möglich, dass die Türen und viele der Gänge seinetwegen drei Meter hoch waren. Seine Schultern waren breit wie die eines Bären, und sein Brustkorb war mit einem dichten, zottigen Fell bewachsen. Sein Hals hatte den Durchmesser einer Eisenbahnschwelle, und das war auch notwendig, denn jeder Wasserbüffel wäre beim Anblick der kräftig geschwungenen grauschwarzen Hörner neidisch geworden. Sie ragten aus einem dicken Wulst auf seiner Stirn, verliefen an Kopf und Hals entlang nach unten, um dann eine Biegung nach vorn zu machen, sodass ihre Spitzen genau auf sein Gegenüber zeigten. Seine Augen waren groß und glänzend wie die einer Kuh, seine Nasenlöcher feucht und breit, und sein bläulicher Mund ähnelte einem Maul. Der Rest von ihm war eher menschlich, und er hatte breite, behaarte Finger und flache, spatenförmige nackte Zehen. Er trug eine Art Tunika, die aussah, als wäre sie aus Schlangenhaut genäht, und bis zu den Knien seiner muskulösen, behaarten Beine reichte. Um jedes Horn hatte er einen kräftigen Goldreif, der glänzte wie der Ohrring eines Piraten.

»Wow«, flüsterte Oscar neben meinem Ohr. »Ein Minotaurus. Cool!«

Der Minotaurus hob beide Hände und schob sich zwei Stöcke in seine breiten Nasenlöcher. Nein, halt, es waren keine Stöcke. Es waren Flöten. Der dünne, luftige Ton, der herauskam, wenn er pustete, war viel zu zart im Verhältnis zu dem riesengroßen unheimlichen Wesen, das ihn erschuf. Seine Finger wirkten furchtbar plump, und es war zweifellos nicht einfach für ihn, die

Flötenlöcher zu finden und so abzudecken, dass tatsächlich eine Melodie entstand.

Genau in diesem Augenblick beschloss Kahlas Gasmessgerät, einen schrillen, ohrenbetäubenden Signalton auszusenden.

»Mach das aus«, zischte ich. »Mach das aus. Sofort!«

Aber es war natürlich längst zu spät.

Die Flöten fielen auf den Boden. Der Minotaurus drehte sich einmal um die halbe Achse. Sein gewaltiger Brustkorb hob sich, und er stieß ein Brüllen aus, dass es uns in den Ohren klingelte. Dann stürmte er in Richtung unseres Seitengangs und donnerte Kopf und Hörner gegen die Felswand. Der Boden unter uns bebte, Staub und kleine Steine prasselten von der Decke. Wieder erfüllte sein Brüllen den Gang, und ich war mir nicht sicher, ob ich je wieder etwas hören würde. Ich glaube, ich piepste ungefähr so, wie Eisenherz es getan hätte, aber hören konnte ich es nicht.

Der Gang, in dem wir uns versteckten, war so niedrig, dass der Minotaurus nicht aufrecht darin stehen konnte, aber er ging auf die Knie und steckte seinen riesigen Kopf mit den riesigen Hörnern hinein, packte Kahla mit einer Faust, groß wie ein Baseballhandschuh, und zerrte sie ans Licht.

Kahla schrie, und das war wirklich kein Wunder. Er hielt sie mit ausgestrecktem Arm in den Lichtschacht, und ihre Füße baumelten ungefähr auf Höhe seines Brustkorbs, fast zwei Meter über dem Boden. Ich glaube, sie versuchte, ihre Stromstöße gegen ihn anzuwenden, aber er schüttelte sich nur, als hätte er aus Versehen an einen Elektrozaun gefasst, auf dem aber ohnehin kaum Strom war, und dann schüttelte er Kahla, dass ihr Kopf wackelte wir der einer Stoffpuppe.

»Lass sie los!«, schrie ich und rannte ein paar Schritte aus dem Gang. Ich trat ihm gegen das Schienbein, das heißt, ich versuchte es zumindest, auch wenn es bestimmt nicht besonders clever war. Es fühlte sich an, als würde ich gegen eine dieser Parkbänke aus Beton treten, die die Stadtverwaltung offenbar schöner und moderner fand als die altmodischen aus Holz.

Auch Oscar rief irgendetwas – ich glaube, es war so ein unartikulierter Kampfschrei –, raste los und knallte dem Minotaurus einen unserer Wanderstöcke gegen den Oberschenkel, ungefähr in Schritthöhe. Aber das war auch nicht effektiver als mein Schienbeintritt. Der Minotaurus hob ihn mit seiner freien Hand ebenfalls hoch und warf ihn fast beiläufig gegen den Fels. Ich hörte ein widerwärtiges Klatschen, und Oscar sackte auf dem Boden zusammen. Ich gab meine Tritt-Versuche auf und rannte zu ihm.

»Ist dir was passiert?«, fragte ich atemlos, was ziemlich dämlich war. Man wird nicht von einem Minotaurus gegen eine Felswand geschleudert, um danach einfach aufzustehen, sich den Staub abzuklopfen und gut gelaunt zu verkünden, dass man nur ein paar blaue Flecken hat. Aber er war wenigstens bei Bewusstsein.

»Wir können uns nicht mit ihm prügeln«, murmelte er und versuchte, sich aufzusetzen. »Autsch. Ich glaube, ich habe mir eine Rippe gebrochen. Ich … ich kann nicht richtig … einatmen.«

Ein bisschen Blut blubberte aus seiner Nase, und jetzt bekam ich richtig Angst. Ich hatte einmal gehört, dass die Knochen ein Loch in die Lunge bohren konnten, wenn man sich die Rippen brach. Als wäre sie ein Fahrradreifen oder Luftballon. Und daran konnte man sterben.

Ich hatte keine Zeit, mir schöne Rap-Reime auszudenken. Ich sang, so gut ich konnte, ganz egal, ob es sauber oder schief war, ich wollte nur, dass er atmen konnte, und zwar sofort. Und es schien tatsächlich zu helfen. Er schnappte nicht mehr ganz so schlimm nach Luft, und dieses furchtbare Blubbern aus Nase und Mund hörte auf.

Und noch etwas hörte auf.

Der Minotaurus verstummte. Kein Brüllen mehr, kein Schnauben. Er stellte Kahla auf den Boden – ein bisschen zu grob, denke ich, denn sie fiel hin und blieb liegen – und drehte seinen kolossalen gehörnten Kopf in meine Richtung.

Seine Augen waren so groß und so glänzend. Dunkelbraun wie die einer Kuh. Er streckte eine Hand nach mir aus und hob mich hoch, ganz vorsichtig, damit er mich besser sehen konnte.

»Weeeeerduuuuu?«, fragte er. Russische Bassisten konnten einpacken – ich hatte noch nie so eine tiefe Stimme gehört. Und auch wenn es seinem Maul-Mund schwerfiel, die Worte zu formen, so waren sie doch da: Wer bist du?

»Ich … heiße Clara«, stammelte ich. »Entschuldige die Störung, aber … es gibt da ein Ei, das wir holen müssen.«

Er stieß ein tiefes Grollen aus wie ferner Donner. Mir war ja selbst klar, dass ich Unsinn redete, aber was soll man verflixt noch mal zu einem Minotaurus sagen, der einen in einer Hand hält und anstarrt, als wäre man ein seltenes Insekt.

»Niiiiiiemand«, grollte er. »Niiiiiiemand kommmt reiiiiin. Niiiiiemand kommmmt rauuuuus.«

Ich war nicht ganz sicher, ob das eine Klage oder eine Warnung war – in diesen Kuhaugen lag Einsamkeit.

»Entschuldigung«, murmelte ich nur noch einmal.

»Ssssssinnnnng«, sagte er. »Nochmaaaal.«

»Äh, also ich bin keine gute –«

»Sssssinnnng!«

Schaum flog in alle Richtungen aus seinem Maul und landete in meinem Gesicht, nass und seltsam nach Moos riechend.

Das einzige Lied, das mir im Augenblick einfiel, war die *Vogelhochzeit*, und die zählte nicht gerade zu meinen erfolgreichen Nummern. Man musste auch wirklich sehr verzweifelt auf der Suche nach Unterhaltung sein, wenn man *mich* bat zu singen.

Da füllte sich mit einem Mal die Kammer mit Musik. Harfenklänge, eine sanfte Flöte und dann eine vollkommen überirdische Frauenstimme. Ganz und gar nicht wie meine, wirklich nicht.

Ich erkannte es fast sofort. Das war dieses Lied, das Oscar sich auf sein Handy hatte laden dürfen, als meine Jeans ihre Runden im Trockner drehte. Carmelia. Hier im Labyrinth klang es noch märchenhafter, noch magischer als in Sarahs ziemlich gewöhnlicher Küche.

»Hooooooohhhhh …«

Dieses Mal waren es keine Worte. Es war ein großer, nasser Stier-Herzensseufzer. Der Minotaurus setzte mich ganz vorsichtig ab, kniete sich selbst auf den Boden und lauschte Carmelias Musik. Er hob eine seiner Bambusflöten auf und sah sie betrübt an, als wüsste er, dass er es niemals schaffen würde, etwas aus ihr hervorzubringen, was auch nur annähernd so schön war wie die Melodie, die er gerade hörte. Es zuckte in seinen hängenden schwarzen Stierohren, und ich glaube, ich hätte ihn in diesem Moment mit einem Baseballschläger schlagen können, ohne dass er auch nur einen Finger gerührt hätte.

»Ohhhh«, seufzte er noch einmal. »Hooooooohhhh …« Dann kullerten zwei große glänzende Tränen aus den Kuhaugen und liefen das blauschwarze Maul hinunter.

18 DAS HERZ DES LABYRINTHS

Na so was, da seid ihr ja«, sagte Lamia und erhob sich von einem jadegrünen Diwan. »Ich wusste, ihr würdet es schaffen!«

Tageslicht fiel in breiten goldenen Streifen von oben in den Raum, und grüne Pflanzen schlängelten sich an den Mauern der Sonne entgegen. Ein kleiner Brunnen plätscherte in der Zimmermitte, und auf einem flachen runden Tisch – im Grunde ein Kupfertablett mit Beinen – standen eine Silberkanne und ein Glas mit frischem, duftendem Pfefferminztee, Schalen mit Mango und Ananas und ein Teller mit einer Süßigkeit, die an Makronen erinnerte. Für ein Gefängnis war es wirklich nicht übel.

Wir waren von einem der Affendiener durch eine lackrote Tür geführt worden, und jetzt standen wir hier auf dem goldenen und grünen Mosaikboden. Eine humpelnde, dreckige, übel zugerichtete und erschöpfte Truppe, die nicht so ganz in diese elegante Umgebung passte. Von dem Ei oder von Katerchen war nirgends eine Spur, aber andererseits gab es auch keinen Zweifel daran, dass Lamia freudig überrascht war, uns wiederzusehen. Ihre Augen funkelten triumphierend, und sie lachte ihr Silberglockenlachen und klatschte in die Hände.

»Gut gemacht«, lobte sie. »Das war bestimmt nicht leicht! Mut,

Klugheit und Durchhaltevermögen – ihr habt wirklich bewiesen, dass ihr das alles besitzt!«

Kann sein – aber es war auch ziemlich hilfreich gewesen, dass der Minotaurus uns den Weg an den letzten Hindernissen vorbei gezeigt hatte. Niemand kannte das Labyrinth so gut wie er.

»Wo ist das Ei?«, fragte ich.

Lamia zog eine Augenbraue hoch, als fände sie die Frage unpassend, aber Arkus zeigte mit großer Überzeugung auf ein kleines schwarzes Lackschränkchen.

»Da«, sagte er. Und im selben Moment konnten wir es alle hören – ein heiseres Piepsen, das umgehend von Erya beantwortet wurde. Arkus' kleiner Rabe schlug mit den flaumigen Flügeln und reckte den Hals, und Oscar, der am nächsten stand, öffnete den Schrank.

Er war nicht viel größer als Erya, der kleine, neue, letzte Rabe, und die Schalen des Eis, aus dem er sich gehackt hatte, lagen in zwei nassen Hälften vor seinen Füßen. Er war noch zu schwach, um sich auf den Beinen zu halten, aber er drehte seinen mageren Hals und reckte seinen Kopf mit dem viel zu großen Schnabel in Eryas Richtung. Arkus ließ sich neben dem Schrank auf die Knie fallen, nahm vorsichtig das Küken heraus und schob es unter seinen Pulli, wo auch schon Erya saß.

»Habt ihr den Weg durch das Labyrinth markiert, so wie ich euch gebeten habe?«, fragte Lamia.

Mir wurde plötzlich bewusst, dass sie noch keinen Versuch unternommen hatte, Kahla zu umarmen. Dabei war genau das doch das Ziel des ganzen Unternehmens gewesen, oder etwa nicht? *Meine Tochter in die Arme schließen – ohne dass uns kaltes Eisen trennt.* Hatte sie es nicht so gesagt?

Kahla stand da und starrte auf ihre schmutzigen Füße. Ihre

Arme hingen schlaff herab. Sie blickte nicht auf, und sie sah auch nicht so aus, als würde sie irgendwelche Zärtlichkeiten erwarten.

»Tja, dann sollten wir wohl zusehen, dass wir zurück in den Rabenkessel kommen«, sagte ich zögernd. »Kahla, willst du mit?«

Sie reagierte nicht. Hob nicht einmal den Kopf.

»Seid ihr dem Wächter begegnet?«, fragte Lamia.

»Ja«, sagte ich. »Aber er war eigentlich ziemlich friedlich.«

»Friedlich??«, Lamia konnte ihre Überraschung nicht verbergen. »Also ich muss schon sagen. Vielleicht … vielleicht ist er alt geworden. Er ist ja immerhin schon … sehr, sehr lange dort.«

Das stimmte. Asterion – so hieß der Minotaurus – hatte selbst erzählt, er sei fast zweihundertfünfzig Jahre alt. Er wurde nie krank, sagte er, und er wurde nie älter. Er wusste nicht, warum er nicht wie andere Lebewesen altern und sterben konnte. Er kannte weder seine Mutter noch seinen Vater oder Schöpfer, und er war schon immer in diesem Labyrinth. Er ernährte sich von Flechten, Moos und Schlangen, die er sich über einem kleinen Feuer briet, wenn er genug Brennholz finden konnte. Wenn nicht, schluckte er sie roh. Seine einzige Ablenkung war die Musik, und nachdem er mit seinem Maul nicht vernünftig in die Flöte blasen konnte, probierte er es mit den Nasenlöchern, aber die Musik aus seinem Kopf konnte er damit nicht nachspielen.

Oscar hatte ihm einen Dudelsack und einen Ghettoblaster versprochen. Und sämtliche CDs von Carmelia, die aufzutreiben waren.

»Komm«, sagte ich leise zu Arkus. »Wir sollten zusehen, dass wir hier verschwinden … solange wir noch können.« Ich fühlte mich in Lamias Nähe überhaupt nicht sicher.

Wir kamen nicht einmal bis zur Tür. In der Öffnung richtete

sich eine Schlange auf. Sie zeigte zischend ihre Giftzähne, und aus dem Dunkel des Labyrinths kamen immer mehr Schlangen hinzu. Viele von ihnen waren vollkommen weiß, genau wie die Skorpione, aber sie hatten Augen – blutrote, zornige Augen, die funkelten wie Rubine.

»Das Mädchen«, sagte Lamia und zeigte auf mich. »Die Jungen – den großen und den kleinen. Die Maus. Das Vogelwesen.« Dieses Mal zeigte sie auf Nichts. »Und die Katze dort drüben im Käfig. Die Raben lasst ihr leben.« Sie schnipste mit den Fingern, als wollte sie eine Hundemeute auf uns hetzen, und eine der Schlangen schnappte sofort nach Oscar, der ihrem Biss nur entkam, weil er rechtzeitig zur Seite sprang und dabei den Teetisch umwarf.

»**Haut ab!**«, rief ich, aber ich war unkonzentriert, aus dem Gleichgewicht geraten, und es waren so viele, dass ich nicht wusste, welche ich am lautesten anschreien sollte. Aber ich konnte sie spüren, wenn ich meinen Wildsinn benutzte, konnte fühlen, dass sie wütend und gequält waren, aber auch, dass … dass es nicht ihr eigener Wille war, der sie trieb. Sie waren Sklaventiere. Lamias Sklaventiere.

»Nein«, sagte Kahla.

Sie sagte es ganz ruhig, aber es genügte, dass Lamia sich zu ihr umdrehte.

»Was sagst du, mein Kind?«

»Ich will das nicht.«

Lamia schüttelte den Kopf. »Mein kleiner Schatz, das hast du nicht zu entscheiden. Lass du deine Mama nur machen.« Sie drehte sich wieder zu den Schlangen. »Angriff!«, befahl sie.

»Das sind meine *Freunde*!« Dieses Mal war es ein Rufen. Nein, mehr als ein Rufen, es war ein Wildhexenkampfschrei, und

Lamia wurde davon so überrumpelt, dass sie für einen kurzen Moment die Kontrolle über den Willen der Schlangen verlor.

»Undankbare Brut! Willst du dich etwa gegen deine eigene Mutter auflehnen?«

Kahla stand jetzt zwischen uns und den Schlangen.

»Sie werden zuerst mich umbringen müssen«, sagte sie. »Ich lasse nicht zu, dass sie meinen Freunden etwas tun!«

»Ein ungehorsames Kind kann ich nicht gebrauchen«, sagte Lamia kalt. »Sie gehört euch.«

Das Letzte richtete sich an die Schlangen, daran bestand kein Zweifel. Kahla hob abwehrend die Hände, und auf irgendeine Weise konnte ich spüren, was sie fühlte und dachte. Ich spürte ihre Wut, ihre Scham, ihre Verzweiflung. Ich wusste, dass sie absolut bereit war zu sterben, wenn es sein musste, aber sie wollte dabei so viele Schlangen wie möglich mit in den Tod nehmen.

Doch es gab eine, die so nah bei ihr war, dass Kahla sie völlig vergessen hatte. Saga, die kleine schwarze Schlange, die in ihren Haaren wohnte.

»Saga«, sagte Lamia. »Töte sie.«

Kahla fasste sich mit der Hand an die Kehle. Saga hob den Kopf und streckte die Zungenspitze zwischen den Zähnen hervor, aber sie biss nicht zu. Stattdessen drehte sie sich zu Lamia – und zischte.

Lamia runzelte die Stirn.

»Töten, habe ich gesagt.«

Plötzlich begriff ich eine ganze Menge. Saga war nicht Kahlas neuer Wildfreund. Sie war Lamias Spion – oder war es zumindest gewesen. Durch Saga hatte Lamia ihrer Tochter folgen können, mit ihrer Hilfe hatte sie Ratschläge und Befehle in Kahlas Ohr geflüstert. Und deshalb waren die Rabeneier zerstört worden.

Lamia sah keinen Grund, ihre Macht mit jemandem zu teilen. Sie wollte den letzten Raben besitzen, den es gab – oder, so wie es jetzt aussah, eben die letzten zwei. Dass die Rabenmütter für alle Zeiten geschwächt würden, war für sie nur ein Vorteil. Wenn Lamia erst aus dem Labyrinth befreit war, musste sie sich nicht mit einer Truppe alter Wildhexen herumschlagen, die ihr vorschreiben wollten, was sie zu tun und zu lassen hatte.

Arme Kahla. Die Mutter, nach der sie sich jahrelang gesehnt und die sie gesucht hatte, die Mutter, der sie so ausdauernd nachgeeifert hatte –, diese Mutter hatte vermutlich nie jemand anderen geliebt als sich selbst.

Ich hatte den Eindruck, als wäre Lamia größer und dunkler geworden. Der ganze Raum wirkte höher und dunkler. Die Luft knisterte elektrisch, und meine Haare stellten sich auf, wie es manchmal bei einem Gewitter vorkam.

Gedanken schossen mir durch den Kopf.

Was tue ich, wenn sie uns allen einen Stromschlag versetzt? Es war keine Frage, von wem Kahla diesen Trick gelernt hatte, und ich hegte den starken Verdacht, dass es genau das war, was Lamia im Augenblick vorbereitete. Ich wusste nur nicht, wie ich sie davon abhalten sollte.

Ich. Wusste. Es. Nicht.

Aber.

Die Zeit. Blieb. Fast. Stehen.

Was, wenn ich nicht nur ich war?

Was, wenn wir *wir* waren?

Kahla und Saga aus dem Süden. Nichts aus dem Westen. Arkus und seine zwei kleinen Raben aus dem Osten. Aus dem Norden … aus dem Norden Oscar und der Tropfen Wildhexenblut, den er in sich trug, weil wir uns einmal hinter dem Fahrradschuppen Blutsbrüderschaft geschworen hatten. Oscar – und Eisenherz. Und in der Mitte ich – und Katerchen. Ich hatte meinen eigenen Hexenkreis. Wir hatten es gemeinsam durch das Labyrinth geschafft, und plötzlich begriff ich, wozu es errichtet worden war. Ich konnte die Kraft spüren, die durch die Gänge strömte, fühlen, wie sie sich sammelte, konzentrierte, so wie man Sonnenstrahlen mit einer Lupe bündelt.

Lamia irrte sich, wenn sie dachte, das Labyrinth würde nicht mehr funktionieren. Aber es funktionierte nur, wenn man hindurchgegangen war …

»Lass los«, flüsterte ich, aber es war ein Flüstern, das alle Lebenskraft enthielt, die in der Welt war. »Lass los, was dir nicht gehört!«

Lamia riss den Mund auf, als wollte sie schreien, aber es kam kein Ton heraus. Sie ruderte mit den Armen, und ihre goldenen Nägel blitzten. Ihre Haare wurden lebendig. Glänzend schwarze Schlangen bewegten sich und krochen davon. Zurück blieb ein Kopf, auf dem nicht viel mehr Haare waren, als die Rabenküken Flaum hatten.

Das machte sie nicht hässlich. Selbst glatzköpfig war sie noch schöner als die meisten Frauen. Aber als sie merkte, was geschehen war, und sich auf ihren kahlen Kopf fasste, schien etwas in ihr zu zerbrechen.

Ihre Kontrolle über die Schlangen zersprang wie Glas, wenn man fest dagegenschlägt. Einige der Tiere schlängelten ganz einfach weg. Ihre langsamen, kühlen Gedanken drehten sich um feuchte schattige Orte, um Mäuse, um warme Steine, auf denen man sich sonnen konnte. Schlangengedanken. Kein Zorn mehr, kein Drang zu beißen. So ging es den meisten von ihnen.

Aber nicht allen. Die große weiße Schlange, die uns den Weg

versperrt hatte, glitt nach vorn. Sie ignorierte mich, ignorierte Arkus und die Raben, ignorierte Kahla. Sie schlängelte sich über den Mosaikboden, bis sie an Lamias nackten Füßen war. Dann biss sie das erste Mal zu.

Lamia schrie und zog den Fuß hoch unter ihren Rock. Als die weiße Schlange sie zum zweiten Mal biss, stürzte sie. Und als Lamia längst auf dem Boden lag, glitt die Schlange, erfüllt von einem einzigen Ziel, über Lamias Brust hinauf zu ihrem bloßen Hals. Dort biss sie noch zweimal zu, bevor sie sich zufrieden gab.

19 VON EINER KATZE KANN MAN VIEL LERNEN

Hasst du mich?«

Es war Kahla, die mich das fragte. Wir standen am Strand unterhalb des Hauses, in dem sie ihr Leben lang mit ihrem Vater gewohnt hatte. Die Sonne glitzerte auf den Wellen, und eine Möwe strich flach über das Wasser.

»Nein«, antwortete ich. »Das tue ich nicht.«

»Das verstehe ich nicht«, sagte sie finster. »Ich selbst hasse mich.«

»Was bringt das?«, fragte ich. »Dafür haben wir keine Zeit. Es gibt so viel zu tun, so viel, was wir noch schaffen müssen. Wir müssen die Raben zurück in den Rabenkessel bringen. Wir müssen Tante Isa, deinen Vater, Shanaia, Frau Pomeranze und Herrn Malkin retten. Wir müssen Ilja und Bravita Blutsschwester finden, bevor sie die ganze Welt in einem Rabensturm untergehen lassen – oder wie auch immer Bravita sich das vorgestellt hat. Ob es dir jetzt passt oder nicht, du gehörst zu diesem Hexenkreis. Und wenn ich eines gelernt habe, dann, dass ich das alles nicht alleine schaffe. Ich brauche euch. Alle zusammen. Dich auch.«

»Feindesblut«, sagte sie. »Hast du das vergessen?«

»Nein«, sagte ich. »Aber was ist, wenn Ilja dabei gar nicht an dich gedacht hat? Was, wenn deine Mutter gemeint war? Sie spielt die Freundin, ist aber keine. Klingt das nicht ganz nach Lamia?«

»Sie hat mein Blut verwendet.«

»Ja, aber das Blut deiner Mutter fließt ja auch in dir.«

»Das meine ich doch! Feindesblut! Wieso hörst du mir eigentlich nie zu?«

Sie kniff die Augen zusammen, aber nicht wegen der Sonne. Ich spürte, wie wütend sie das alles machte – äußerlich und innerlich.

»Also«, begann ich, »was ich gehört habe, war ein Mädchen, das dastand und sagte: ›Ihr rührt sie nicht an. Das sind meine Freunde!‹ Klingt das in deinen Ohren vielleicht nach Feindesblut?«

Sie hob den Kopf und sah mich mit diesen dunklen Augen an, die sie von ihrer Mutter geerbt hatte.

»Dich wird man nicht so leicht los, oder?«, fragte sie schließlich.

»Nein«, sagte ich. »Das habe ich von meinem Kater gelernt.«

Ich hatte meine dreckigen Jeans hochgekrempelt, und Katerchen richtete sich jetzt an meinen nackten Beinen auf. Leider waren es dieselben nackten Beine, in die er einen Augenblick später seine Krallen schlug, als er auf meinen Arm klettern wollte.

»Aua!«, fauchte ich. »Vorsichtig!«

Es war ihm ziemlich egal. Er rieb seinen Kopf an meinem Kinn und fing an zu schnurren.

LENE KAABERBØL, 1960 in Kopenhagen geboren, ist eine der bekanntesten dänischen Kinderbuchautorinnen. Sie wird von der Presse und vom Publikum gleichermaßen geschätzt. Ihr erstes Buch veröffentlichte sie mit 15 Jahren, seitdem hat sie über 30 Bücher für Kinder- und Jugendliche geschrieben, die in 25 Sprachen übersetzt wurden. Lene Kaaberbøl war bereits mehrfach für den Hans-Christian-Andersen Preis nominiert, zuletzt 2014. Ursprünglich als Trilogie geplant, wurde die Wildhexen-Serie mittlerweile auf sechs Bände erweitert. In Dänemark stand sie monatelang auf der Bestsellerliste und wurde mit dem Orla-Preis 2012 ausgezeichnet, dem größten Preis des staatlichen dänischen Fernsehens. 2014 sind die ersten drei Bände im Hanser Kinderbuch erschienen: *Die Feuerprobe, Die Botschaft des Falken* und *Chimäras Rache*. 2015 folgen die Bände 4–6: *Blutsschwester, Das Labyrinth der Vergangenheit* und *Das Versprechen*.

FRIEDERIKE BUCHINGER, 1973 geboren, hat in Heidelberg und Hamburg Germanistik und Skandinavistik studiert. Sie übersetzt vor allem Kinder- und Jugendbücher aus dem Dänischen, Schwedischen und Norwegischen ins Deutsche. 2011 war sie für den Deutschen Jugendliteraturpreis nominiert. Von der Wildhexen-Serie hat sie bereits Band 1 und 2 übersetzt.

erscheint als Hörbuch bei Igel Records,
gelesen von Ulrike C. Tscharre

»Fantasy vom Feinsten!«

Abendzeitung

Clara hat eine ganz besondere Verbindung zur Natur, denn sie verfügt über den Wildsinn und kann mit Tieren sprechen. In der Schule nützt es ihr wenig ein Wildhexe zu sein, aber in der wilden Welt beweist Clara Mut und Entschlossenheit: Als ihr ein Turmfalke eine geheimnisvolle Botschaft schickt, macht sie sich eine Stunde vor Sonnenuntergang auf den Weg zum Nordpfad, um einem Hilferuf auf den Grund zu gehen. An ihrer Seite ihr Wildfreund, der schwarze Kater Kat, der keine Gefahr scheut. Und auch Claras Mitschüler Oscar ist neugierig auf ein Wildhexen-Abenteuer. Doch wie gefährlich es ist, der beste Freund einer Wildhexe zu sein, erfährt er früher, als ihm lieb ist.

Das zweite mitreißende Abenteuer der Erfolgsserie über die Wildhexe Clara, ihre Liebe zu Tieren und ihren Kampf in einer Welt, in der Magie kein Kinderspiel ist.

Lene Kaaberbøl
Wildhexe – Die Botschaft des Falken
Aus dem Dänischen von Friederike Buchinger
176 Seiten. Überzogener Pappband
Auch als E-Book lieferbar
Als Hörbuch bei Igel Records